U0562236

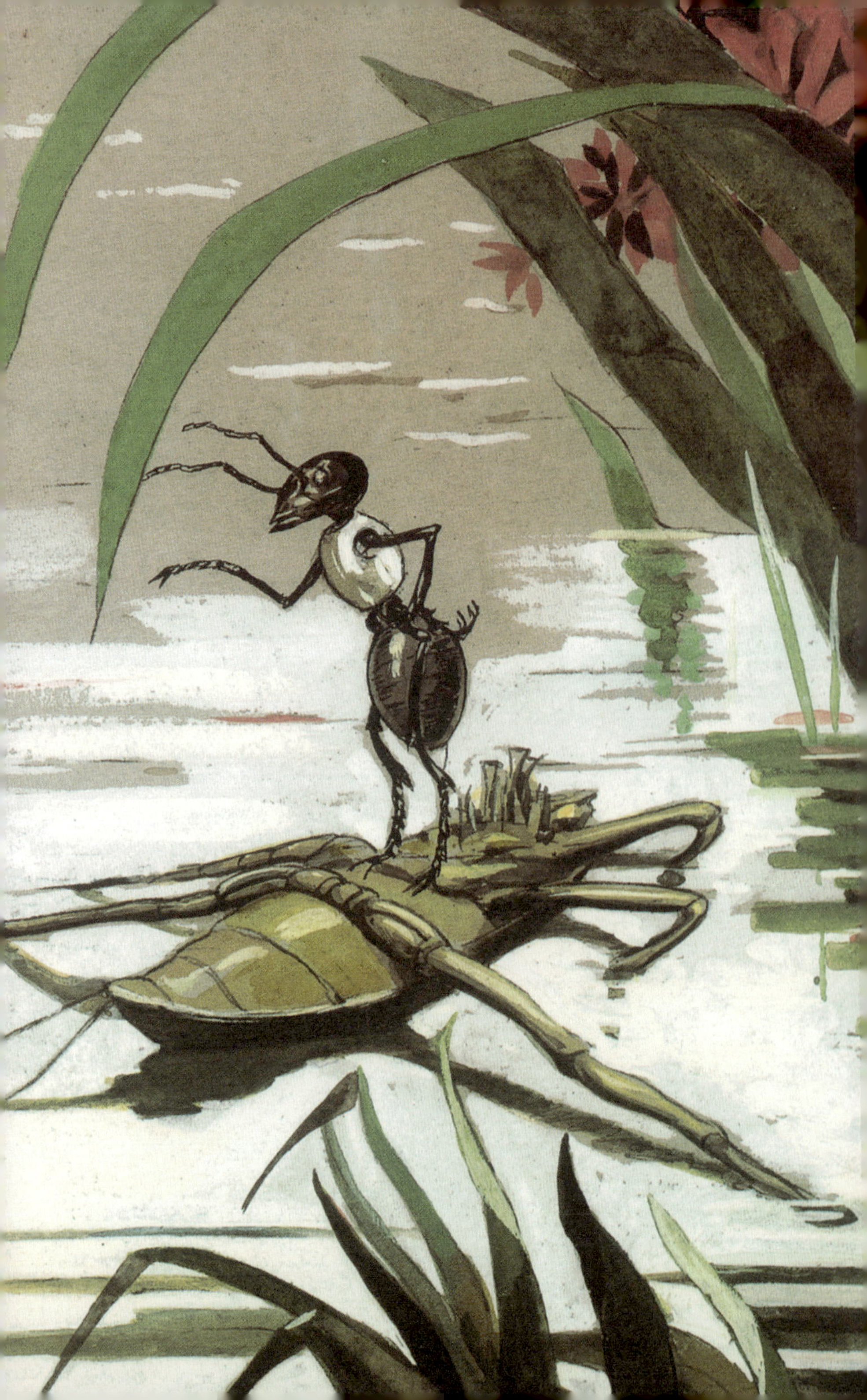

意大利馆
世界儿童文学
典藏馆

露着衬衫角的小蚂蚁

[典藏版]

[意] 万 巴 ● 著
王干卿 ▲ 译
[意] 阿帝里奥·穆西诺 ■ 绘

中国少年儿童新闻出版总社
中国少年儿童出版社
北 京

图书在版编目（CIP）数据

露着衬衫角的小蚂蚁/（意）万巴著；王干卿译.—北京：中国少年儿童出版社，2015.8（2025.4重印）
（世界儿童文学典藏馆）
ISBN 978-7-5148-2522-0

Ⅰ.①露… Ⅱ.①万… ②王… Ⅲ.①童话-意大利-现代 Ⅳ.①I546.88

中国版本图书馆CIP数据核字（2015）第145102号

LOUZHE CHENSHANJIAO DE XIAO MAYI
（世界儿童文学典藏馆）

出版发行　中国少年儿童新闻出版总社
　　　　　中国少年儿童出版社

执行出版人：马兴民
责任出版人：缪 惟

策　　划：	李世梅	封面设计：	孟令晓
责任编辑：	李世梅　安今金	责任校对：	赵聪兰
插　　图：	阿帝里奥·穆西诺	责任印务：	厉 静
社　　址：	北京市朝阳区建国门外大街丙12号	邮政编码：	100022
总 编 室：	010-57526070	发 行 部：	010-57526568
官方网址：	www.ccppg.cn	编 辑 部：	010-57526323

印刷：北京华宇信诺印刷有限公司

开本：880mm×1230mm　1/32		印张：8.625	
版次：2015年8月第1版		印次：2025年4月第6次印刷	
字数：200千字		印数：31001—34000册	

ISBN 978-7-5148-2522-0　　　　　　　　　　　　定价：30.00元

图书出版质量投诉电话：010-57526069　　电子邮箱：cbzlts@ccppg.com.cn

前　言

王干卿教授以惊人的毅力翻译的《淘气包日记》获得巨大成功之后，他翻译的《露着衬衫角的小蚂蚁》又在中国问世了。

意大利作家万巴（原名路易吉·贝特利，佛罗伦萨人，1860—1920）1895年发表的《露着衬衫角的小蚂蚁》讲述了一个叫吉吉诺的小男孩的美丽动人的故事。吉吉诺走火入魔般地变成一只蚂蚁，徜徉在神奇的昆虫世界里，逐渐熟悉并适应了自己赖以生存的复杂环境，过上了快活的日子。他主要的收获是上了一堂看似简单、实际上有声有色、我们可以称之为"和谐"的课程。蚂蚁打造的蚁穴寓意一个"文明和谐的社会"。作品讴歌了蚂蚁的集体主义精神及其完美无瑕的组织性和纪律性，展示了它们以勤劳勇敢为特征的和平共存、有效合作的价值观。作为一部警世之作，《露着衬衫角的小蚂蚁》自然是一部教科书。作者把主人公惊险曲折的经历与妙趣横生的描写熔于一炉，向广大青少年读者传播昆虫知识，运用娴熟完美的表现手法力图达到普及通俗读物和育人的目的。

《露着衬衫角的小蚂蚁》给世界各地成千上万的孩子带来了欢悦与开心，也必将强烈地拨动无数中国小读者的心弦，把他们带进神秘的蚂蚁世界，教他们树立"社会和谐"的理念！

意大利驻华大使馆文化参赞
玛丽亚·维博
2007年5月8日于北京

译者的话

亲爱的小读者们,当你们打开这部儿童文学读物时,你们将进入一个绚丽多彩的昆虫世界,会感到这些小精灵和我们一样,也在不断地说着话、唱着歌、跳着舞。你们看,忙忙碌碌的蚂蚁、动作优雅的毛毛虫、体态轻盈的水黾、玲珑剔透的甲虫、面目狰狞的蛾子、尽兴弹琴的熊蜂、狂热歌唱的蝉……让我们相互牵手,一起去漫游充满奇趣的昆虫王国,感受一次神奇而快乐的发现之旅吧!

当你们享受与昆虫嬉戏的乐趣时,肯定更想进一步了解这部书的作者万巴。

万巴原名路易吉·贝特利,是意大利自学成才的著名儿童文学作家和诗人。

万巴一八六○年出生于意大利历史文化名城佛罗伦萨,卒于一九二○年。万巴自幼酷爱文学。少年时代,他就在学校主编了一张名为《蜗牛》的小报,刊登讽刺小品,揭露学校当局对学生的欺凌与残害。万巴生性活泼好动,脾气执拗倔强,敢打抱不平,自然,学校和老师很不喜欢这个"惹是生非的怪孩子、坏孩子",他也因此经常受到惩罚,甚至挨打受骂。

万巴出生于小康之家,父亲是职员。他十三岁时,父亲突然病故,家庭失去了顶梁柱,家境每况愈下,万巴被迫辍学,甚至祖传的几亩薄田和唯一的杂货店也被变卖,全家过着度日如年的生活。

为了贴补家用,少年的万巴在铁路部门找到了一份临时的差事。由于少不更事，万巴并不谙达人情世故，常遭人白眼，吃尽了苦头。这种特殊的经历为他的文学创作提供了丰富的素材，使他最终成为著名的儿童文学作家。他的代表作《淘气包日记》（1920）是一部自传体小说，也是作者本人坎坷人生的真实写照。

万巴一生写了很多书，其中最受欢迎的除了《淘气包日记》之外，还有《露着衬衫角的小蚂蚁》（1895）。

《露着衬衫角的小蚂蚁》是意大利儿童文学历史上第一部科普读物，也是作者的第一部作品。这部书问世一百多年来，已再版七十余次，被译成十多种文字，制作成各种绘本、漫画，并多次改编成动画片和影视剧，搬上舞台和银幕，成为《木偶奇遇记》《爱的教育》《淘气包日记》之后，又一深受欢迎的世界儿童读物。

这部书的主人公吉吉诺穿着开裆裤，衬衫角露在外面，是个贪玩逃学的小学生，非常羡慕蚂蚁无忧无虑、自由自在的生活，结果如愿以偿地变成了蚂蚁。他的愿望实现后，并没有就此打住，而是马不停蹄地做着要把整个蚂蚁王国，甚至整个昆虫世界都置于自己统治之下的美梦。变成蚂蚁后，吉吉诺的衬衫角照旧露在外面，看上去就像挂着一面小白旗。他打仗勇敢，起初被众蚂蚁推举为将军，后来又被拥戴为徒有虚名的"小白旗皇帝"，登上了至高无上的宝座。作品逼真地描绘了变成蚂蚁的吉吉诺如何自作聪明、碰钉子、吃苦头，让人啼笑皆非、历经一系列波折后吸取了教训，终于幡然醒悟，最后成为一个"真正孩子"的转变过程。

通过吉吉诺在昆虫王国曲折生动的传奇经历，作者向我们展示了蚂蚁不仅是骁勇善战的士兵，还是打造"地下城堡"的能工巧匠；蜜蜂不仅是不知疲倦的耕耘者，还是建窝筑巢的行家里手；水黾不仅本领高强，还乐于助人；仰泳蝽不仅殊死搏斗，还心地善良……总之，吉吉诺惊奇地发现昆虫世界是一个"各就各位，各司其职"、具有高度文明和组织严谨的社会，目睹了人与动物的"你中有我，我中有你"的相互依存，须臾不可分离的和谐关系，体现了"天人合一"的理念。

阅读这部作品，我们收获的不仅仅是昆虫知识，更重要的是还能从这些看似柔弱的小精灵那里学会做人做事要有执着、坚韧、爱心、协作和友善的基本品质。对于昆虫来说，一小时如同一天，一天如同一个月，一个月如同一年，一年如同一生，但他们仍然执着地寻找，执着地等待，在生命的最后一刻也不放弃自己的希望。在这里，是昆虫教我们在有限的生命中如何生活得更有意义。

自然教育是素质教育极其重要的组成部分。作品既有对蚂蚁、蜜蜂等小精灵们细致入微的描写，又有对森林花草、河流湖泊、山丘原野全景式磅礴的描绘。作品告诉我们，在接触自然，融入环境的过程中，要逐步培养起一种尊重并善待小生命，热爱并呵护大自然，学会与他们和睦相处的人文意识。

《露着衬衫角的小蚂蚁》在我国出版发行，是对万巴这位才华横溢的作家在天之灵的抚慰，也是对他最好的纪念。为了写好这部书，万巴先是搜集了大量第一手素材和资料，后又深入到人迹罕至的深山和密林中，以孜孜不倦、坚忍不拔和认真严谨的科学探索精神，细心观察昆虫的种种神奇奥妙，了解并

研究其本能和习性，记下了大量的观察笔记，把我们平时熟视无睹的昆虫世界，用生动风趣的语言，拟人化的手法，根据昆虫的生活习性，细腻地刻画了他们的不同性情，成功地塑造了他们富有特色的鲜明形象，为我们留下了一部传世佳作。

这部书人名和地名的译法也遵循两个原则：一是根据意大利文字母的标准读法，音译或译成有特色的中文名字；二是按照"约定俗成"的办法处理。译作中的近七十个注解是查阅了大量的外文资料写成的。

本书付梓之际，意大利驻华大使馆文化参赞玛丽亚·维博女士在百忙中写了前言。在翻译这部书的过程中，意大利中医研究中心主任阿尔托博士，意大利圣保罗意米银行北京办事处首席代表周卡罗先生，原意大利驻华大使馆文化参赞、现任北京意大利刮拉瓶盖有限公司总经理的恩里科先生拨冗帮我答疑解惑，在罗马市政府图书馆任职的狄玛丽小姐无偿地给我提供了意大利文的原版书。借此机会，谨向这些意大利朋友致以深切的谢意。

最后，就这部书的彩色插图作者阿帝里奥·穆西诺（1878—1954）再跟小读者说几句。穆西诺生于都灵，是意大利儿童读物的插图大师之一。从一九〇八年起，他就为《少年报》《幽默周刊》和其他报纸插图，一九一一年都灵国际图书博览会上他为《木偶奇遇记》所作插图荣获了金奖。

王干卿
2007年12月

主要人物介绍

吉吉诺

主人公吉吉诺穿着开裆裤，白衬衫，可白衬衫的一角常常露在外面。他贪玩、经常逃学，极其讨厌拉丁语，羡慕蚂蚁自由自在的生活，渴望变成一只小蚂蚁，结果真的如愿以偿地变成了一只蚂蚁。

奇怪的是吉吉诺变成的小蚂蚁，依然有一角白衬衫露在外面。

焦尔姬娜

吉吉诺的妹妹，住在萨拉玛娜葡萄树下的一栋别墅里，宁愿变成一只美丽的蝴蝶，也不愿意学习数学，结果变成了一只毛毛虫。

一个古怪的魔法男

瘦高个儿，微红的鼻梁上架着一副宽边眼镜，脸刮得净光净光的，脖子上裹着一条宽大的黑色围巾，身上穿着一件肥大的、浅绿色的、几乎拖到脚跟的外套。常带一个鼻烟壶，会魔法。

蚂蚁吉吉诺

蚂蚁吉吉诺，白衬衫的一角仍旧露在了外面，他打仗勇敢，被推举为蚂蚁将军，后来又当上了"小白旗皇帝"。他自作聪明、碰钉子、吃苦头、让人啼笑皆非、历经一系列波折，终于幡然醒悟。

蚂蚁妈妈福斯卡

蚂蚁吉吉诺的妈妈，教会了他在蚂蚁世界的一切，她宽容、有爱，深深爱着蚂蚁世界里的每一个孩子，是影响吉吉诺的重要蚂蚁，但最终却被杀害了。

蚂蚁教授

知识渊博，教蚂蚁们哲学、拉丁语，讲究民主、和平、平等和博爱，主张各个昆虫间和睦相处，结果还是被红蚂蚁杀害。

蚂蚁大钳副官

蚂蚁吉吉诺的副官大钳，贪吃，永远吃不饱。对小白旗皇帝吉吉诺，崇拜至极，唯命是从，大难不死之后，一直跟随蚂蚁吉吉诺，后又被封为昆虫伯爵。

蜂王

蜜蜂中的女王，威风凛凛，拥有至高无上的地位，但是每天辛辛苦苦，要产卵两百粒。为了新蜂王，愿意放弃自己拥有的一切，分群而去。

目 录

1. 三个不爱学习的孩子渴望变成最小的昆虫 …………… 1
2. 吉吉诺变成一颗蚂蚁卵 ………………………………… 9
3. 一个对学习毫无兴趣的孩子变成蚂蚁后，

　有什么样的欢乐和苦恼 ………………………………… 11
4. 一位蚂蚁妈妈 …………………………………………… 19
5. 经历卵、幼虫和蛹之后，吉吉诺变成了

　一只工蚁 ………………………………………………… 25
6. 一条巨蛇 ………………………………………………… 32
7. 吉吉诺还不如一只蚂蚁 ………………………………… 37
8. 搬运蚯蚓 ………………………………………………… 43
9. 吉吉诺开始显露出战士本色 …………………………… 48
10. 蚂蚁的乳牛 ……………………………………………… 53
11. 一只蚂蚁见了拉丁文就肚子疼 ………………………… 60
12. 衬衫角又露了出来 ……………………………………… 65
13. 小白旗万岁 ……………………………………………… 70
14. 向蚁穴的一次进攻 ……………………………………… 75
15. 吉吉诺成了战场上的将军 ……………………………… 79

16. 吉吉诺沉浸在野心勃勃的迷雾中，陷入"炮手"的烟幕里 …………… 83
17. 小白旗一世皇帝 …………… 89
18. 入侵 …………… 97
19. 一只没有头脑的蚂蚁如何战胜一只有头脑的蚂蚁 …………… 101
20. 战时法庭 …………… 106
21. 戴着黄手套的杀手 …………… 111
22. 告别 …………… 118
23. 一位从橡树球里钻出来的特殊秘书 …………… 124
24. 走在"妈妈的路"上 …………… 130
25. 神秘的小船 …………… 135
26. 吉吉诺乘着小汽艇过湖，骑着马上岸 …………… 139
27. 在熊蜂家中 …………… 145
28. 两只昆虫都找到了各自的家 …………… 150
29. 没有钥匙，难进家门 …………… 155
30. 小白旗皇帝被当成一只跳蚤 …………… 161
31. 吉吉诺又有了埋怨拉丁文老师的机会 …………… 165
32. 藏在玫瑰蓓蕾里的秘密 …………… 173
33. 小白旗皇帝陷入沙砾中 …………… 179

34. 大钳荣膺膜翅目昆虫伯爵的称号 ………………… 188

35. 在蜜蜂王国里 ……………………………………… 194

36. 皇帝同蜂王的对话 ………………………………… 202

37. 萨拉玛娜葡萄的秘密 ……………………………… 209

38. 城市造反 …………………………………………… 215

39. 角斗，婚礼和撤离 ………………………………… 222

40. 在一等车厢里旅行 ………………………………… 229

41. 供吸烟人待的三等车厢 …………………………… 235

42. 大钳冒着饿死的危险 ……………………………… 243

43. 吉吉诺发现昆虫中也有几何 ……………………… 250

44. 大钳确信小白旗皇帝变成了疯子 ………………… 256

译后记 …………………………………………………… 263

1. 三个不爱学习的孩子渴望变成最小的昆虫

亲爱的孩子们,我本应该首先描写一下阿尔米埃里别墅的情况。现在是七月份最美好的一天,下午两点半钟左右。所有的村庄静卧在辽阔的原野上,大地万籁俱寂,静谧得连最不知羞的昆虫——大家熟悉的蚱蝉①也不敢叫出声来打扰人们。

根据我的经验,我知道,要描写什么别墅,你们准会急得直跺脚。为了不浪费精力和时间,我相信,想象这是一座漂亮的白色别墅对你们来说并不是一件难事。别墅有绿色的百叶窗,房子的两头长着两棵茂盛的萨拉玛娜葡萄②树,窗户下面,一座漂亮的阳台掩映在浓密的树叶间。

尽管枝繁叶茂,可就是葡萄结得少。事实上,只是在离窗户较远的地方才稀稀拉拉地挂着几串葡萄。

从植物学的角度看,无数事实证明这样的真理:凡是家

---

① 蚱蝉:身体最大的一种蝉,夏天鸣声很大,幼虫蜕的壳可入药,俗称知了。
② 萨拉玛娜葡萄:十八世纪从伊比利亚半岛引进意大利的一种名贵白葡萄。

露着衬衫角的小蚂蚁

里有孩子的、靠近窗户的萨拉玛娜葡萄树的枝藤上是永远见不到葡萄的!

嘘!别吱声,来啦!

别墅的门渐渐打开了,两个男孩子和一个女孩子鱼贯而出。他们耷拉着脑袋,噘着嘴巴,愁眉苦脸地拖着两条腿,艰难地、慢腾腾地走下台阶。

你们会问:

"三个孩子是如何来到乡下的?他们为什么这样愁眉苦脸呀?"

咦，亲爱的孩子们，我只要做三言两语的解释，你们就会马上明白。他们每个人的手里都拿着一本书。突然，从别墅里传来克罗蒂尔德夫人的叫喊声：

"孩子们，好好用功哟！要不然，托马索舅舅回来，看到你们不温习功课，你们就该倒霉了！"

三个孩子脸色阴沉，手握着书本，一声不响，排着队往前走，就像端着蜡烛台去安葬一个死去的人。

三个"哑巴"孩子来到一小块掩映在苍松翠柏的林间空地上停下来，一屁股坐到一条长长的石凳子上。

他们装模作样地打开各自的书本，那种表情好似挨了两个耳光。那个最小的孩子打开书的样子使我深信，他挨的耳光比另外两个孩子还要多。

这一小块林间空地，空气清新，幽静秀美，景色宜人，显然，这是克罗蒂尔德夫人大热天里为他们提供的理想的学习地方。

还没有待上五分钟，最小的男孩便把书放到膝盖上，鼓起腮帮子，不断发出低沉的抱怨声，如同价值两个索尔多①的红色小气球泄气时发出的那种嘘声。

由于另外两个小伙伴继续装模作样地看书，最小的男孩态度傲慢地说：

"哎呀，我再也受不了了！"

两个同伴依然纹丝不动。于是，他用胳膊捅了一下小女孩说：

①索尔多：意大利旧币中最小的辅币，第二次世界大战后不再流通。

"真是的，难道你们不怕热吗？"

女孩抬起头来，气冲冲地说：

"吉吉诺，你安静一会儿好不好？要知道，我正在学习数学呢！"

"这个我知道，我是说，天气这么热，你怎么学得进去？"

爱摆臭架子的大男孩开始说话了。他掩饰着内心的苦闷，一本正经地说：

"天气并不热，妈妈说，这里凉快，能激发人们的聪明才智。"

小男孩想了一下，说出真心话：

"谁都知道……当某个人不爱学习时，凉快毫无用处！"

这种看法使大家口服心服。吉吉诺这些真心话果然产生了效应，使得其他两个小伙伴的忧愁和烦恼顿时一扫而光。

其实，明眼人一看就知道，要是打赌谁最不爱学习的话，那是说不清楚的，因为他们三个人差不多！

三本可怜的书齐刷刷地被扔到石凳子上，三个孩子分别发出三个悲壮的誓言：

"判处中世纪历史死刑！"

"打倒数学题！"

"让拉丁文语法统统见鬼去吧！"

大男孩名叫马伍里齐奥。他叉开双腿，站在弟弟吉吉诺和妹妹焦尔姬娜面前，用权威性的口气说：

"这都是因为你们没有通过考试！……"

焦尔姬娜一语破的，道出了问题的要害：

"你应该这样说，是因为我们没有……"

吉吉诺听后哈哈大笑，他是个老老实实的孩子，说话不会拐弯抹角：

"其实，我们三个谁也没有通过考试，谁也没有资格对别人说三道四，事情坏就坏在我们必须补考。"

马伍里齐奥自认为是个很有口才的孩子。要是这样发展下去，他迟早会成为一名律师的。据他看，现已到了以高瞻远瞩的眼光来考虑这一问题的时候了，于是他开始演说：

"你们知道，是我不让考试通过的……"

吉吉诺马上打断他的话说：

露着衬衫角的小蚂蚁

"哈哈,我亲爱的,是考试不让你通过吧!"

"少废话,你得让我说话呀!"马伍里齐奥斜视了他一眼,接着说,"你要是再不闭嘴,我就叫你小白旗了。"

听到这声吓唬,吉吉诺霍地站起来,赶忙用手摸了摸屁股后面。

需要说明的是,为了不磨破吉吉诺的衣服,来到乡下后,妈妈让他穿上了一条用旧裤子改成的短裤。糟糕的是这条短裤后裆开了一个口子。为了这件事,吉吉诺还跟妈妈吵闹过一次,因为衬衫总是从后面的开裆处露出一个酷似小白旗的衣角。特别是当遭到其他孩子嘲笑的时候,吉吉诺的火气就更大了。

吉吉诺重新把小白旗塞进裤裆里,又坐下来,静听马伍里齐奥的哲学报告。马伍里齐奥说:

"我没有通过考试是不公平的。你们可以试试看!你们要是一字一句地复习整整一本书,只有一页没看到,老师就偏偏考你那唯一没有复习的一页,这公平吗?"

焦尔姬娜说:

"千真万确。"

"想想吧!"吉吉诺插话说,"假如我们是预言家，能猜到考题在哪一页上，通过了考试，那不就等于复习了整整一本书吗！"

"学习！学习！老是学习！"马伍里齐奥跺着脚说。

"学习可以，但必须是自觉自愿的。只要你想学那就学吧！我扪心自问，男人为什么应该是学习的奴隶呢？"吉吉诺说。

"难道女人应该是学习的奴隶吗？"焦尔姬娜天真地问。

"动物比我们幸福一千倍，因为它们从早到晚东游西逛，无所事事，你们不妨转过身子，看看我们周围的情况，狗呀，猫呀，鸟呀，苍蝇呀，一切有生命的东西都活得有滋有味，从不学习中世纪的历史……"

"也不学习数学！"

"更不学习拉丁文语法！"

这种说法是意味深长的，有说服力的。三个孩子环顾四周，向扔在凳子上的书本瞥了一眼，一种不可抑制的厌恶涌上心头，同时内心深处萌生了一种强烈愿望：宁可变成任何动物也不愿被迫参加一个又一个的考试。

有点儿虚荣心的焦尔姬娜满怀激情地说：

"哈哈！我宁愿变成一只美丽的蝴蝶，整天无忧无虑地飞来飞去，也不想做数学题！"

"我嘛，"马伍里齐奥坐回到石凳子上说，"我想变成一只蟋蟀！"

吉吉诺说：

"我宁愿变成一只蚂蚁，也不愿意学习拉丁文语法。"

"蚂蚁？……"马伍里齐奥和焦尔姬娜迷惑不解地问。

"对，"吉吉诺以坚定的语气说，"蚂蚁总是列队出行，不干任何事，只是从早到晚东游西逛。"

这时候，从他们背后传来一个说话齉鼻儿的古怪声音：

"真的吗？"

三个孩子转身瞪大了眼睛。

谁也无法相信，他们看见一个古怪的男士不知从什么地方冒了出来。那男士是个瘦高个儿，微红的鼻梁上架着一副宽边眼镜，脸刮得净光净光的，脖子上裹着一条宽大的黑色围巾，身上穿着一件肥大的、浅绿色的、几乎拖到脚后跟的外套。

男士笑呵呵地打量着三个孩子，两绺眉毛淡红而浓密，镜片后面的眼睛闪着光芒，好似两盏夜间的小油灯。

男士打量了三个孩子好长时间，然后从外套里掏出了一个大大的鼻烟壶，慢慢地将它打开，抓起一把鼻烟，放进深深的鼻孔里，接连打了两个喷嚏后，他用一种平静而坚定的语气说：

"就是这样！"

说罢，他慢腾腾地走了，最后消失在小树林中。

2. 吉吉诺变成一颗蚂蚁卵

吉吉诺说完"我想变成一只蚂蚁"这最后一句话,走火入魔地,他突然想逃走,可是白费工夫,他没有成功。

他感到自己粘在了石凳上。

他想回头看看马伍里齐奥和焦尔姬娜,但脑袋无法动弹了。他试图转动一下眼睛,可要费很大力气。他的目光呆滞无神,眼珠黯然无光,只能隐隐约约地看到哥哥和姐姐的身影,觉得他俩变小了,形象变得稀奇古怪,几乎变成了椭圆形的。

接着吉吉诺又有了一种奇怪的感觉:觉得自己也变小了,而且越来越小,越来越圆。

他想挥动挥动手臂,想伸一伸腿脚,想大喊大叫,想大哭一场,想乱咬一通。他试图摆脱让他转眼间变得软弱无能的那种神奇力量。要是继续这样下去,用不了多长时间,他简直要变得没有自己这个人了。他不能动弹,感到整个身子像被捆起来似的,他很快发现自己变得更小了,慢慢变成类似卵的一种东西。

不知道为什么他顿时想起了那面小白旗,感到小小的衬衫角露在卵外面,就像总是露在裤裆外面一样。

他用手摸着屁股,拼命地想把衣角塞回裤裆里,可徒劳无功。

如今,吉吉诺的身体已缩到最小最小,感到自己的记忆力变得模糊不清了。

突然间,他看到两个黑影在移动,给他的印象是两个可怕的埋葬虫①。

事实正是如此。过了片刻,他觉得自己被举了起来,于是不顾一切地大喊大叫道:

"你们起码把小白旗塞回我的裤裆里去呀!"

这一声嘶力竭的喊叫使他耗尽了最后的一点儿精力,最终失去了所有的记忆和知觉。

---

①埋葬虫,属于鞘翅目的一些甲虫。它们能埋葬老鼠、鸟类等尸体,在上面产下自己的卵,繁殖后代。

3. 一个对学习毫无兴趣的孩子变成蚂蚁后，有什么样的欢乐和苦恼

吉吉诺在这种昏昏欲睡的状态下待了多长时间呢？

想想啊，吉吉诺经历了这么大的变化，到底用了多长时间，他自己也说不清楚，不过，可以肯定地说，时间并不长。

当他完全恢复知觉后，有一种非常古怪的感觉。

他觉着仿佛有人错误地把他当成了一小张绘画的图纸卷起来，然后用一束线一圈又一圈缠绕起来，最后把他缠成一个大线团。他试图从里面出来，可无济于事。

幸亏他意识到有人在外面小心翼翼地拆线，帮他从困境中摆脱出来。

他终于伸出了脑袋，又伸出了手臂。

"加油，鼓起勇气来！"一个声音突然对他说，"再加油！"

他一用力，整个身子就挣脱了出来，他感觉到来自四面八方的抚摸，同时发现有谁尽力地舔他的身体。

"现在是怎么回事？"吉吉诺惊讶地问，"这是干吗呀？"

"我正在帮你清洗身体。"

"怎么?用舌头来清洗?啊,莫非我和您都是猫?能够知道我现在是个什么样子吗?您是谁?我们俩待在什么地方?"

"请你别着急,别着急!现在有很多趣事都需要说清楚,可你刚从茧里出来。还没有比较清醒的头脑明白事情的前因后果,更无法条理分明地问问题,请你耐心等一等,到一定时候,你的所有疑问都将得到圆满的解答。"

听了这些真情实意的话,吉吉诺不再吭声,把到了嘴边的一连串问题又咽了回去。

不过,在保持沉默的时间里,吉吉诺的智力渐渐恢复了,思维正常了,明白了自己眼下的处境(身体的奇特变化并没有使他丧失记忆),准确无误地记起了过去经历的事情。

不言而喻,他要么变成了瞎子,要么是待在黑暗中,这是他的第一个感觉。然而,尽管他什么也看不见,可开始感到自己变成了什么东西,待在什么地方。

失去视觉感官的天生瞎子可以用灵敏的感官来代替。不过,吉吉诺的灵敏程度跟天生瞎子相比较,仅凭印象来判断还是远远不够的。

比如说,他无须去触摸墙壁,就知道自己是待在地下的一间屋子里。他不用眼看,便知道自己周围有一个巨大的忙碌工地。

现在他有一些新的感官,或者说,凭着这些感官,他获得了异乎寻常的敏锐的观察力,使得物体的性质和自然形态活生生地展现在他的面前，跟亲眼所见一模一样。

这样，他的最后一个问题就自然解决了。他是一只蚂蚁，在他的面前还有另外一只蚂蚁，两只蚂蚁栖息在同一屋檐下。

现实的情况就是这样。

至于过去的事情，他还不清楚到底是怎么回事。究竟是通过什么样的奇特途径使他变成这个样子，他的思路是模糊不清的。

可他还记得那个戴着眼镜，穿着浅绿色外套的古怪男士。他当时对男士突然冒出这样一句话：

"我宁愿变成一只蚂蚁，也不愿学习拉丁文语法。"

这时候，自然就提出两个问题：

"马伍里齐奥怎样了？焦尔姬娜怎样了？"

哈哈！也许当他进入蚁穴时，马伍里齐奥和焦尔姬娜早已变成蟋蟀和蝴蝶啦！

妈妈呢？可怜的妈妈！家里只有她孤苦伶仃一个人了！

想到妈妈，吉吉诺的情绪非常激动。过了半晌，他才慢慢平静下来。

如今木已成舟，无法挽回。由于他对学习没有兴趣，结果变成自己渴望变的蚂蚁。到了这种地步，有什么法子呢！正如人们常说的那样："自食其果。"

但是，经过深思熟虑，吉吉诺还是从无奈中找到了安慰。他自言自语道：

"我是只蚂蚁，感觉良好，但我觉着自己还是吉吉诺。如果我不是吉吉诺，真的有像蚂蚁那样的头脑，我不可能会记得所有的事情。所以，我比这些小昆虫强得多，可以做我想做的事情。"

这时，他面前的蚂蚁开始说话了："你肯定饿坏了。"

"对啊，没错儿！"吉吉诺回答说，事实上，他的确想吃东西。

"拿去吧！"蚂蚁说着，把一小块非常甜的东西递到他的嘴边。

"什么东西？"

"是蚜虫的汁。"

"我不知道蚜虫是什么，可很好吃。"吉吉诺舔着嘴巴说着。

吉吉诺吃着吃着，又有了新的发现。

他感到自己的嘴变得极其古怪。

嘴是由两个巨大而坚硬的颚组成的，如同老虎钳的两个夹子，颚边好像有锯齿似的。

可吃东西时却不用这双颚。他感到是用长在颚上面的唇，也就是类似嘴唇那样的东西来进食的。显然，唇上有味觉，他就是用唇来舔食可口的蚜虫汁的。

"请原谅我的好奇。"吉吉诺对他面前的蚂蚁说，"如果说我们蚂蚁只是用唇来舔食柔软的食物和液体的食物，那么这一对钳子咀嚼什么呢？"

"不，它们不是用来咀嚼食物的。"

"不是，那是干什么用的？"

"这双颚是我们用来自卫和干活儿的。"

"是用来干活儿的？"

"绝对正确。你将来会亲身体会到它们的用处。"

吉吉诺以为钳子仅仅是用来吃东西的，因此胡言乱语一番，他对此扮了个厌烦的鬼脸。

蚂蚁亲热地向他靠近，开始舔他的身体。

"哈哈！哈哈！"吉吉诺笑起来，突然大喊一声说，"对不起，你舔得我浑身发痒。"

好心肠的蚂蚁笑呵呵地说："当然啦，因为我舔的是你身体最敏感的地方，也就是你的触角。"

"触角？啊，我变成了一根桅杆吗？"吉吉诺迷惑不解地问。

"触角就长在你的头顶上，你一定感觉到了。"

实际上，蚂蚁舔到的是吉吉诺的两个器官，只不过当时并没有引起他的注意。

吉吉诺不禁激动起来，有点儿困惑不解地说：

"在我家里，这种东西叫动物的角！"

"你怎么叫都可以，可它们根本不是什么角质的，因为它们是特别娇嫩的东西。你感到发痒,证明它们是最敏感的器官。要是我们没有触角就糟了!这触角是用来识路的,给我们做出指令,发出信号,以便避开障碍物。"

"咦,有这么多用途!"

"这还不够。在我们触角末端的细孔中,还长着嗅觉器官呢!"

"多怪呀!"吉吉诺低声说,"我真没有想到鼻子居然长在角顶上!"

"还有哪!我们的触角上还长着听觉器官。"

吉吉诺想到耳朵这么长,显出有点儿不高兴的样子。

"要是这对触角上没长着最需要的器官,"蚂蚁继续说,"那我们如何在这黑暗中生活?"

这个时候,吉吉诺总算完全明白了这样的道理:即使自己什么东西也看不见,只凭借灵敏的嗅觉器官和敏锐的听觉器官,也能成功地分辨出待在什么地方。

"只有一件事情让我感到遗憾。"吉吉诺深为忧虑地说。

"什么事情?"

"没有眼睛。"

听了这句话,蚂蚁禁不住放声大笑起来,并慈爱地抚摸着吉吉诺。

这时候,吉吉诺想到,他还没有对这位善良的蚂蚁说过一句感谢的话。对此他有点儿心慌意乱了,于是就结结巴巴地说:

"亲爱的女士,对不起……您……您叫什么名字?"

"我叫福斯卡。"

"亲爱的福斯卡太太,至今我还未向您道声谢呢,请您原谅。您给我讲了这么多稀奇古怪的事情,我的脑袋都装不下了。"

"哪儿的话!这是我的义务。"

"您的义务?"

"对呀!我讲的这些,你今后也会讲给其他蚂蚁听。"

"要不是您这样热情地给我解释,我根本什么也不懂……"

"这些事有点儿复杂,不过,等你将来上了课,一切都会明白的。"

听了这话,如今长着六条腿的吉吉诺吓得直往后退。他多么想长十二条腿啊。这样,可以向后退得远远的。怎么办?他正是为了逃避上课才将就着变成蚂蚁的。变成蚂蚁后,难道还要重新从头学习功课吗?他大失所望!

"福斯卡,请您多多包涵。"吉吉诺用颤抖的声音说,"我没有听懂您的话,您刚才说的话是什么意思?"

"我是说明天你必须去上课。作为一只蚂蚁,你应该用自己的知识对许多问题做出解释才对。"

吉吉诺惊讶得目瞪口呆,如同一尊雕像,纹丝不动。

温习功课!听课文讲解!解析难题!基础知识课!对,还有基础知识课!

"福斯卡太太,请原谅我的冒昧。"吉吉诺满腔怒火地说,"难道还要上拉丁文语法课?"

福斯卡太太不知道对方在说什么,于是她离开吉吉诺,跟正在附近窃窃低语的其他同伴聊天去了。

吉吉诺觉着喉头里有个东西堵在那里,真想大哭一场。

可他又想,自己没有眼睛,怎么哭也没用。在这种情况下,他重新钻回空茧里,用两条前腿使劲地踢打着茧子。

4. 一位蚂蚁妈妈

过了一会儿,福斯卡回到吉吉诺身旁,对他说:
"出来,跟我走。"

吉吉诺从茧子里钻出来,第一次发现仅用两条后腿也可以站立起来。

吉吉诺过去是个孩子,大概除了记忆力强,聪明伶俐外,他还有着作为人的一些才能,这样,尽管他有许多苦恼,却也从中得到了一些慰藉。

吉吉诺跟着福斯卡走呀走呀,一直穿过几条走廊。走着走着,吉吉诺突然喜出望外,莫名其妙地尖声怪叫起来!

他不是瞎子,绝对不是!他有眼睛,看得见……看得清清楚楚!

他跟着福斯卡来到一个十分宽敞的大厅,从大厅的上方射进一束微弱的光线。大厅肯定是蚂蚁家的一间客厅。

不过,更令吉吉诺吃惊的不是他能看见东西,而是看东西的方式。

他的视力是一种新的视力,一种宽大无边的视力,既不需要转动眼睛,又不需要转动脑袋,便可模模糊糊地同时看到前面的、两边的及头上的东西。

他待在一个由几根柱子支撑的岩洞里。洞内很干净,也很整齐，岩壁光溜溜的。他左边和右边的蚂蚁都在忙忙碌碌地干着活儿，好似在完成一项重大的工程。他面前的一只蚂蚁善意地望着他，向他微笑着，好像早已预料到了他的惊喜似的。

吉吉诺同时看到了这一切。

"你都看到什么了？"福斯卡笑呵呵地问。

"我有眼睛！"吉吉诺回答说，"我太高兴啦。我想知道为什么我不转动眼睛，也不转动脑袋，却能看到我周围的所有东西？"

蚂蚁回答说：

"首先，你应该知道，眼睛无论如何是无法转动的。"

吉吉诺试一试，果然如此。

"在这种情况下，"福斯卡继续说，"蚂蚁就必须有适合自己的眼睛，好开阔视野。大自然是先知先觉者，它给所有生物造就了适合他们生存的器官，当然啦，也给我们造就了两只复合式的眼睛。"

"这话怎么说？"

"这就是说，我们脑袋左右的两只眼睛是由许多六面体的凸圆滑面组成的。实际上，这些凸体就是很多很多的透镜，也就是许多小而完整无缺的眼睛，能够眼观六路，耳听八方。"

吉吉诺怀着好奇心靠近跟他说话的蚂蚁，打量着她头上所有的凸镜——眼睛。

"上帝啊！……"吉吉诺惊奇地叫道，"这么多眼睛！"

"我们的眼睛还不能说太多。"福斯卡说,"组成我们眼睛的凸镜是很少的,还不到一百面。"

"您还觉着少?"吉吉诺不解地问。

"跟其他昆虫相比,特别是跟飞在空中的昆虫相比是微不足道的。比如,苍蝇的眼睛是由四千面凸镜组成的。"

"四千面?"

"是啊!蜻蜓有一万四千多面。"

吉吉诺做了一个不可思议的动作,福斯卡下面的话更使他茫然无措了:

"花蚤的眼睛由两万五千多个小眼睛组成,你还有什么可说的?"

"我说,"吉吉诺回答,"要是这位花蚤由于不幸遭遇而看不清东西的话,即便全世界的眼镜都配给她,也是不够用的。"

可他马上想到,蚂蚁是听不懂这些不是昆虫的行话的,于是他问:

"啊,对不起,我有多少眼睛?"

"请等一等,我计算一下……好啦,你的每只眼睛是由六十面凸圆透镜组成的。"

"这么说,我有一百二十个小眼睛啦?"

"是啊,如果不算普通眼睛的话。"

"什么?我还有另外的眼睛?一百二十个小眼睛还不够吗?"

"对,不够,靠着这些复合式眼睛,我们只能看清远处的东西，但绝对看不清近处的东西。正是因为这样，我们还有普通的眼睛。你正是用这些普通的眼睛来看我的。"

吉吉诺端详着福斯卡。实际上，他看到对方头顶上的呈三角形的地方分别长着三只光溜圆滑的、如同珍珠一样闪闪发光的普通眼睛。

"我算出来了，"吉吉诺说，"我一共有一百二十三只眼睛。"

"绝对正确。"

"好啦，对不起，我需要五分钟的休息时间来理解这些听来的东西。我还奢望什么呢？原来，我并不相信自己会有这么多眼睛。说实话，我早就梦想着有好多好多这样的眼睛了！"

吉吉诺自言自语地说：

"一百二十三只眼睛！真是不可思议！想想啊，要是我再变成小孩子，用一百二十三只眼睛学习该多好呀！……一想到学习，我浑身就起鸡皮疙瘩！"

突然间，大厅里回荡起尖叫声：

"小心！小心！让开！让开！"

一只长着翅膀的蚂蚁进入了宽敞的大厅。她的腿脚不太灵便，艰难地爬行着。跟在她后面的是五六只没有翅膀的蚂蚁，乍一看，她好像是被后面的蚂蚁推着进入大厅的。

当吉吉诺靠近她们的时候，能清楚地看到长着翅膀的那只蚂蚁边走边在后面留下几个椭圆形的小球。他还注意到其他蚂蚁捡起了这些小球，放进嘴里。

"你看见什么了?"福斯卡见吉吉诺有点儿不开心的样子,便问他。

"哎呀,实话实说吧,我看到的事儿真叫我恶心!"

"你这样说,"福斯卡解释说,"是因为你还不知道是怎么回事。你以为自己很聪明,可是你错了。看起来,你并不知道长着翅膀的蚂蚁究竟在干什么。其实那是一只雌蚁,她是来这儿的蚁穴产卵的。"

"其他蚂蚁是干吗的?"

"她们是在收集蚁卵,用舌头舔湿这些卵,促进它们孵化,把它们带到指定的地方。"

"想来也是……"吉吉诺想起自己慢慢变小的可怕情景,不由得感叹道,"我就是那样待在卵里的!"

"当然,你的卵是在我们蚁穴外面发现的,是由两只蚂蚁抬到这里来的。"

我把他们当成了埋葬虫!吉吉诺想。

不过,吉吉诺并不想急着说出自己以前的经历,在他看来,过去的事情就让它过去吧,不值一提了。

"为了让你了解你是怎么得到悉心照料的,你跟我来。"

善良的福斯卡把他领进房子的尽头,那里堆着数以百计的卵——就像微微发白而缺少光泽的麦粒。

"像所有的昆虫一样,我们也毫无例外。"福斯卡说,"我们也经过四个阶段。"

"这是什么意思?"

"喏,我们的第一个阶段是卵。几天以后,卵就发育了，两头变弯，变得更透明了，最后变成拉尔瓦，也就是幼虫。"

"我要说，拉丁语也有这个词。"吉吉诺心里直犯嘀咕。他突然想起来了，拉尔瓦是拉丁语里的一个单词，意思是假面具。

他接着大声说：

"嗬，看来蚂蚁的狂欢节[①]是在七月份！"

[①]狂欢节，指罗马天主教国家在大斋前三天至一个星期的忏悔节期间所举行的狂欢活动，以化装舞会或戴假面具为特色，通常是从圣诞节到一月中旬或二月初这段时间。

5. 经历卵、幼虫和蛹之后，吉吉诺变成了一只工蚁

福斯卡没有留意吉吉诺说什么，而是把他领到了大厅的另一头，那里有几行好长好长的东西（吉吉诺一时找不到更为恰当的名字叫他们）。猛一看，这些东西仿佛是戴着假面具的蚂蚁①。

这些软绵绵的东西看起来并不引人注目，然而却很古怪，一胀一缩地蠕动着，好似从眼里滚出来的大滴大滴的眼泪，在本来已经脏巴巴的脸上又涂上了一层染料。

他们按照个子高矮顺序排成几行，好像坐在教室里的座位上一样。吉吉诺仔细地看着这些独特的蠕虫：他们的脑袋很小很小，没有眼睛，没有腿。

总而言之，这些怪物仿佛是用破布缝制起来的长短不成比例的一顶顶小睡帽，转眼间，怪物又被深深地缝进了袋子里了。

吉吉诺看着他们笑得肚子痛。

"你们这些可爱的小假面鬼！"吉吉诺竖起触角，趾高

---

①戴着假面具的蚂蚁，意大利那不勒斯戏剧中的丑角通常戴着这种假面具。

气扬地高声说，"你们知道我长多少个角吗？"

他很快发现，那里有很多蚂蚁在怒视着自己。

"闭嘴！"陪他游玩的福斯卡严厉呵斥说，"你想过没有，你以前也跟他们一样！"

"什么？我也是这个丑样子？"

"绝对是。你变成现在这个样子，是因为得到了我们夜以继日的照管。"

事实上，吉吉诺看到那些对自己怒目而视的蚂蚁全都在认真地饲喂着幼虫，像善良的保姆精心照料着他们。

"幼虫阶段需要多长时间？"吉吉诺认真地问。

"依情况而定，可以是一个月，也可以是九个月。"

"九个月？啊，我经过多长时间？"

"你经历的时间不长。二十来天你就脱离了幼虫阶段，变成了蛹。"

"一个蛹？"

"对，一个蛹。幼虫发育成熟后，就进入第三阶段，也就是说，变成蛹。喂，你来看。"

福斯卡说着，把他领到一根柱子后面，那里排着几行令人好笑的蚂蚁。吉吉诺费了好大的劲儿才没有像刚才那样笑起来。

"这些就叫作蛹？"吉吉诺说，"我宁可叫他们是游手好闲的蚂蚁。"

实际上，这些蚂蚁的身体软绵绵的，略带白色，腿和触角都是弯曲着的，好像浸在油里那样无精打采。

"那么，我当时也是这个模样？"吉吉诺问。

"对，跟他们一样，你也不吃不喝，尽管并不是所有的蛹都是这样。你吐丝作茧，躲在里面。当你变到了第四阶段，也就是到了你现在这个样子的成虫阶段，你就开始在小小的牢房里乱蹬一气，是我帮你从里面爬出来的。"

吉吉诺瞪着眼睛打量着自己的保姆福斯卡，惊讶地说：

"您说什么？我一直认为，蚂蚁一出生就是现在这个模样。"

"所有的昆虫都要经过这几个阶段。在现实生活中，你将会看到比这更惊奇的事情。"

"所以，我经历了卵、幼虫和蛹，然后吐丝作茧……"

"对，可一般来说，人们往往错误地把茧说成是蚂蚁的卵。"

"怪事！让我更惊奇的是我对此一点儿也记不起来了！"

"我敢肯定，当时你的智力还未形成，正像你的身体还

没有发育成熟一样。"

这个道理让吉吉诺心服口服,他想:

其实,人也是这样。婴儿刚出生时只显露出个大脑袋和大肚子,接着需要喂食,长大成人后,就长出胡子,经历一系列生理、思维方式和行为的变化。

一只长着翅膀,产完卵的蚂蚁正躲在角落里。看起来,她正在从事着一件非常艰难痛苦的劳动,翻来覆去地乱蹬着自己的腿,时而叫唤着:

"哎哟!哎哟!"

过了不久,吉吉诺看到这只蚂蚁用足掌摁着自己的四个翅膀猛拉猛扯,结果后面的两个翅膀被撕扯下来,扔到一旁。

这项工作完成以后,蚂蚁大大舒了一口气,心平气和地叫道:

"太好啦!"

蚁穴里的其他蚂蚁也齐声说:

"好哇!"

吉吉诺回过头不假思索地问福斯卡:

"啊,怎么回事?"

吉吉诺的一双复眼,也就是一百二十只小眼睛和三只普通眼睛同时看到了上述的情景。他的脑子里立刻出现了一百二十个问号和三个感叹号,于是他就向福斯卡提出了问题。

"我立刻给你解释。"福斯卡说,"正如我先前告诉你的那样,那是只雌蚁。她没有像其他雌蚁那样飞来飞去找丈夫,而是在我们的监督下,在蚁穴附近就找到了一个丈夫。

这样,她就能回到自己的家里。这是一只很明智的雌蚁,她撕下自己的翅膀,放弃了飞走的诱惑,留在我们中间继续产卵,以便壮大我们的家族。"

"别急,别急!"吉吉诺的脑子乱成了一锅粥,惊讶万分地问,"大部分雌蚁都飞到空中去找丈夫吗?请原谅,这个我不懂。"

"就是这样。"

"可我们并没有翅膀,劳驾,请您说一说,雌蚁该如何飞起来找我们?"

"这跟我们有什么关系?跟雌蚁一样,雄蚁也有翅膀,这就足够了!"

吉吉诺更糊涂了,于是进一步问:

"请原谅,打扰一下。您说雌蚁有翅膀,这个谁都知道,雄蚁有翅膀,这个也谁都知道。那么,我们没有翅膀的蚂蚁,您能告诉我叫什么蚂蚁吗?"

"这个问题太简单了。我们既不是雌蚁,也不是雄蚁。"

"啊,真的?"

"我们是中性蚂蚁。"

听了这句话,吉吉诺的皮肤要不是黑色的话,面色肯定会变得极为苍白的。

他本来想到自己是一只雄蚁。

从吉吉诺想变成蚂蚁的那一刻起,他心里就一直犯着嘀咕:要是自己变成了雌蚁,那他也只好逆来顺受将就下去。可是结果呢,他既没有变成雄蚁,也没有变成雌蚁,倒变成了什么也不是的玩意儿。这是他不能容忍的一件事，于是他极为恼火，自言自语地说：

"中性的！我就像那该诅咒的，既不是及物动词，也不是被动式动词一样，是中性的，再也无法结婚生子了！"

在伤心绝望的驱使下，吉吉诺冲着福斯卡嚷嚷起来，而福斯卡好像专门等着他发脾气似的。吉吉诺吼叫道：

"我不愿意变成中性的蚂蚁，您懂吗？您要知道，这里不守信用。我本来是个男孩，想变成一只雄蚁。那个穿着浅绿色外套的男人没有权力想把我变成什么就变成什么。退一步说，要是他还有一点儿教养的话，他应该事先告诉我一下！总而言之，归为一句话，我想变成一只雄蚁，我想有翅膀……甚至……难道不能把那只产完卵的蚂蚁扯掉的翅膀给我安上吗？"

慈祥的福斯卡微笑着说：

"你发泄一下怒气是很自然的，因为大家总是羡慕那些看起来比我们都幸福的蚂蚁，但是，请相信我，要是大家能经常仔细地研究一下那些你羡慕的蚂蚁，我们将会永远感谢大自然为我们安排的命运。"

尽管福斯卡说了这些好听的话，但是对于吉吉诺最沉重的打击还是自己变成了中性蚂蚁。

正好这个时候，吉吉诺听说上课的时间到了，顿时感到嗓子眼儿像被什么堵住了似的，于是他用两条前腿抱着额头，哇哇地哭起来。

好玩的是，吉吉诺一想起要用一百二十三只眼睛同时流

泪,他又觉得太累了,于是自言自语:

"上帝啊,你看,要是我用全部的眼睛号啕大哭,那么全世界就要发大洪水了!"

6. 一条巨蛇

"你想变成一只雄蚁,那就跟我来。"

善良的福斯卡突然对吉吉诺说。

福斯卡挽起吉吉诺的手臂,更确切地说,就是拉着吉吉诺的前腿,向蚁穴的大门走去了。这个大门就是照亮大厅的洞口。

刚到洞口,吉吉诺便惊奇地看到三只长着翅膀、脑袋比其他蚂蚁小的蚂蚁飞起来后又掉在地上,他们拼命挣扎着,不时翻着跟头。

"是肚子疼吗?"吉吉诺走近这些可怜的蚂蚁问。

其中的一只支支吾吾地说:

"咕,咕!唉,唉!是,是!……"

"蠢驴,什么是不是的!"吉吉诺以轻蔑的口气说,"我从没见过比这些家伙更愚蠢的东西!"

"你想做的雄蚁就是这个样子!"

"真的吗?"

"真的,正如你亲眼看到的,他们的智力不是很高,也没有很大力气。"

"我敢打保票,他们什么事情也说不清楚,又不肯安静一会儿。"

"他们的使命已经完成：跟雌蚁在空中交配后已筋疲力尽，掉到地上，等一会儿他们就要死去。"

实际上，其中的两只雄蚁已经四脚朝天地躺在地上，身体很快干枯了，变成了僵尸。还有一只继续翻着跟头，不停地重复着：

"是的，是的……咕，咕……"

"你不是想跟他们一样变成雄蚁吗？"福斯卡问。

"变成那种昏头昏脑的家伙？我真的不想那样！"

"另外，他们只能活几天，要是没有什么意外的话，我们能活一年，两年……甚至九年！"

"说句大实话，"吉吉诺沉思片刻后说，"我宁愿成为雌蚁，也不愿变成雄蚁！"

"你别抱太多的希望。在空中寻找雄蚁的雌蚁必然经历许多风险，比如，也许她会被鸟活活吃掉，也可能找不到自己原来的家。"

"这就意味着她们将去找新的家。"

"不是这个意思，因为没有任何其他蚁穴同意接受一只外来的蚂蚁。"

吉吉诺是个有逻辑头脑的孩子，于是说：

"蚁穴里没有雌蚁，就不会产卵，没有卵就不会有幼虫，没有幼虫，就不会有蛹，没有蛹，就不会有蚂蚁。这样蚁穴就不会有新蚂蚁了。"

"你的推理是正确的。要是我们这些中性蚂蚁没有头脑的话，蚂蚁就断子绝孙了。我们这类蚂蚁非常聪明，我们总是注意不让雌蚁飞走。正如你刚才看到的那样，只要有可能，我们总是把雌蚁带回家产卵。"

"雌蚁和雄蚁在什么地方出生的？"

"跟其他蚂蚁一样，也是从卵孵化出来的。"

"我呢？"

"我们在一条石凳上捡回来你的卵，并认出是我们家族的一粒卵。"

福斯卡沉思一会儿继续说：

"喂，你要听我把话说清楚。对于我们蚂蚁来说，雄蚁就意味着在空中飞翔，然后摔到地上，糊里糊涂地死去。雌蚁有两条道路：要么展翅高飞，这样，肯定不会有好下场；要么为了拯救自己而不飞走，在地上被我们逮个正着，最后她们的翅膀被扯下。正如你看到的那样，雌蚁有没有翅膀是无关紧要的。我们中性蚂蚁没有翅膀，可我们是家中的主人。我们老老实实地干活儿，赢得'工蚁'这个荣誉称号是当之无愧的。"

一想到劳动，吉吉诺显得很不高兴。他不得不承认福斯卡的话确实有道理。他说：

"对呀，我必须承认，抱怨自己是只工蚁是错误的。"

"你要懂得一些道理才对。"福斯卡得出应有的结论，"当一只蚂蚁靠自己的劳动生活时，是没有理由去嫉妒其他蚂蚁的。想想啊，外表往往会让我们上当受骗，长着翅膀并不能保证永远不摔死。"

吉吉诺在心里把福斯卡的警告译成了成语：

发光的东西并非都是金子。想到这里，他没吱一声。

这个时候，从蚁穴中爬出一群刚出生不久的小蚂蚁，他们是由成年蚂蚁带出来呼吸新鲜空气的。

吉吉诺走近一只跟自己同龄的蚂蚁。这只蚂蚁正兴致勃勃地望着他。他正要跟这只蚂蚁搭话，突然从附近传来了叫喊声：

"兄弟姐妹们，快过来，请你们帮个忙！"

从表面上看，那是只粗壮的蚂蚁。他走近大家继续说：

"有个巨大的猎物需要拖回家里。我们只有十二只蚂蚁，是远远不够的。"

吉吉诺的保姆福斯卡迫不及待地对年老的蚂蚁说：

"我们快走一步，带学生去帮个忙。榜样的力量是无穷尽的。"

这天阳光灿烂。在吉吉诺看来，到外面溜达溜达是一种惬意的事情，更何况他总是以看别人劳动而取乐。真的，当他还是个小孩子时，常常对哥哥马伍里齐奥说：

35

"你等着瞧吧,将来我成了有钱的绅士,把要干的活儿都分配给大家……甚至你,你干活儿,我享受。"

所有的蚂蚁沿着高低不平的路爬行着,那只告诉大家要帮助搬运猎物的蚂蚁走在前面给大伙儿带路。她心里正犯着嘀咕:

是不是把路给弄错了?要走这条路把猎物拖回家,即使一千只蚂蚁也是远远不够的!

走着走着他突然停下来,回过头对跟在后面的蚂蚁惊喜地喊道:

"我们到了,就在小山的后面。"

爬过小山,吉吉诺抬起两条前腿,吃惊地望着前面。

这是一条巨大的"蛇",他庞大的体形跟自己粉红色皮肤形成奇怪的反差。他正跟二十来只蚂蚁苦苦搏斗,而蚂蚁好像根本不害怕这个令人不寒而栗的庞然大物。

7. 吉吉诺还不如一只蚂蚁

"蛇"特别长。需要说明的是,这条"蛇"本来是蜷伏在洞里的,现在已被拖出洞外,这会儿他正在拼命挣扎,试图将身体缩回到洞里去。

蚂蚁死死地将"蛇"拖住不放,不让他缩回去。在吉吉诺看来,要把"蛇"完全拖出洞外是不可能的。

"疯子才做这种事!"吉吉诺转身对保姆福斯卡说,"难道您没看见他跟我们相比,是个庞然大物吗?要是他张开嘴,一口准会吃掉一百只蚂蚁!愿上帝保佑我们!"

福斯卡自豪地回答说:

"首先你应该知道,我们蚂蚁什么都不怕。另外,你要牢记我对你说的话,那就是:外表是靠不住的。他不过是只蠕虫,属于环节动物门①,寡毛纲,后孔寡毛目。"

吉吉诺稍稍走近这个怪物,细细一看,大声说:

"嘀,说了那么多难懂的大话!有话就直说,别吞吞吐吐的,只要对我说是条蚯蚓我立刻不就全明白了!"

---

①环节动物门,动物学家将所有动物按照进化程度高低分为十个"门","门"以下设"纲,目,科,属,种"等分类阶元。昆虫属节肢动物门,昆虫纲,下分三十三个目。中国拥有世界昆虫的所有目。

"但是，对我们蚂蚁来说，知道根据动物的身体构造及其生活习性来划分他们是大有用处的。"

吉吉诺有着人类的智力，所以他看到的只是一条蚯蚓，可在蚂蚁的眼里，跟蚯蚓的搏斗是不可避免的。

跟对手蚂蚁相比，蚯蚓永远是一条粗大的"蛇"。

吉吉诺闻到蚯蚓身上散发出一种类似柠檬汁的酸味，马上问：

"这是什么东西？"

福斯卡回答：

"是我们的毒液，是用来对付我们的敌人的。"

实际上，这种毒液叫蚁酸，来自蚂蚁，是从蚂蚁的下腹部射出来的。

过了片刻，怪物不动了，吉吉诺想出一招儿：

"为什么不用我们的双颚将他咬断？"

"环节动物即使被咬断也是不会死的。这位'先生'倒是很乐意被咬断一段身体，这样，藏在洞里的另一半就有救了。"

听了明确清晰的解释，自认为比别的蚂蚁聪明的吉吉诺心悦诚服，同时感到羞愧难当。

强健有力的工蚁英勇善战，继续不屈不挠地拉住蚯蚓。可"蛇"还是纹丝不动。

怎么回事呢？

吉吉诺看到蚯蚓的腹部下面长着许多坚硬浓密的细毛。这些细毛跟地面贴得紧紧的，所以不管蚂蚁使出多么大的力气,也无法将蚯蚓从洞内拖出一毫米。

大家不免失望。

突然,一只蚂蚁爬到蚯蚓身上,对那些继续拼命拖住蚯蚓不让其退回洞里的同伴大声说:

"我倒有一个主意!"

"我们愿意听一听你的高见……"大家齐声说。

"这个愚蠢的怪物不想离开地面,那好办,我们就把他肚子下面的泥土挖掉!"

吉吉诺第二次感到有点儿羞愧难当,因为他什么都不懂,而其他蚂蚁早已心中有数了。这时候十只蚂蚁使劲拖住蚯蚓,其他的蚂蚁都聚集到洞口。这时"蛇"的一部分已进入洞穴。

跟在吉吉诺后面的保姆福斯卡对他说：

"你的双颚现在可以派上用场了，在蚯蚓的肚子下面尽力去挖吧。"

在这项劳动中，吉吉诺发现，如果说蚂蚁的双颚在吃软的食物和液体食物方面用处不大的话，那么，眼前却变成了挖土的巨大工具，可以当镐头、操纵杆、锄头和铲子用。

等把洞口边儿啃圆后，蚂蚁们继续在蚯蚓的肚皮下面挖，一直挖到洞口的尽头，怪物的后半部分才看得一清二楚。这样，蚯蚓就卧在一条笔直的垄沟里，再也无法用他那坚硬的细毛抓紧地面了，也不能像以前那样用自己的环节抖动身子了。先前，蚯蚓一半卧在地面上，另一半蜷缩在洞里，可以自由弯曲，拼命挣扎，现在却老老实实地躺在一条倾斜的垄沟里。在这种情况下，蚂蚁们全力以赴，轻而易举地把蚯蚓从洞里拖了出来。

看到这么长的一条蚯蚓，吉吉诺大吃一惊。他估计蚯蚓的长度有十五厘米左右，一只蚂蚁是无法与之相比的。

吉吉诺并不害怕蚯蚓这个庞然大物。如今他亲眼看到同伴们是如何经受了考验，他们的聪明和才智是自己学习的榜样，同时也切身体会到什么才是自己所拥有的可怕武器。

此时此刻，双颚已变得没有用处了，当务之急是如何将这个又长又重的家伙拖到家里去。

这种劳动也是特别费力的。尽管蚯蚓一再挣扎，试图摆脱强大的对手，可蚂蚁们有的拖蚯蚓的头，有的拖蚯蚓的中间部分，还有的拖蚯蚓的尾部，最终将猎物拖了好长一段路。看到这种情景，吉吉诺非常佩服蚂蚁们的毅力和智慧。他想：

我还是个孩子的时候，有多少人给我讲起过蚂蚁的力气和勇敢，然而，我总是以漠不关心的态度去看待蚂蚁们的辛勤劳动。那个时候，我并没把他们放在眼里，现在看来，他们简直个个是英雄！

不久，蚂蚁们的英勇行为遇到了难以逾越的障碍：一片草地出现在他们面前。看起来，要把怪物拖过草地是不可能的。草地上落满树叶，他们无法这样持久地将猎物一步一步地往前拖下去。

蚂蚁们停了下来。

吉吉诺认为眼下正是再次提出自己建议的时候了，于是说道：

"咬断他！"

正当蚂蚁们准备咬断蚯蚓时，福斯卡却说：

"等一等，我们有能力把整条蚯蚓拖回家。"

"怎么回事？"吉吉诺十分惊讶地问。他为自己的第二个建议遭到拒绝而恼火。他觉得自己过去是个聪明的孩子，比其他蚂蚁有着优越感。

福斯卡接着说：

"一些蚂蚁必须留下来看管蚯蚓，另一些跟我来。这样做干活儿的时间会有点儿长，大家会很累，但蚯蚓肯定能完整地拖到家里。"

其他蚂蚁跟在福斯卡后面。福斯卡迈着有节奏的步伐，朝蚁穴走去。那种走路的样子像怕脚着地似的。

吉吉诺看到福斯卡走路的样子，用讽刺的口气问：

"对不起，请问难道你们夏天脚上也长冻疮吗？"

9. 搬运蚯蚓

福斯卡停在蚁穴门口说：

"蚯蚓离我们这里的距离相当于我们身长的一百二十倍。"

吉吉诺困惑地望着福斯卡，现在他才明白福斯卡踮着脚走路的原因了。

福斯卡继续说："只要牢记洞穴的深度，我们就不会搞错方向，开始干活儿吧！"

蚂蚁们回到自己的家里，选定了一个适当的位置，福斯卡说："我们应该从这里挖起。"

福斯卡又回头对跟在自己后面的三四只蚂蚁说：

"我们挖土，你们把挖下来的土运出去。"

吉吉诺开始明白福斯卡的用意了，他问：

"你们相信会挖到放蚯蚓的地方吗？"

"当然喽。"蚂蚁们齐声回答。

吉吉诺感慨地说："我错了，我以为他们全都是糊涂虫呢！"

这时候，吉吉诺想起了托马索舅舅的话。当他还是个孩子时，常听托马索舅舅讲述为打通塞尼隧道①人们是如何克

---

① 塞尼隧道，在法国同意大利交界处的阿尔卑斯山西麓的塞尼山口附近，于1871年建成铁路隧道。

服困难的。他还记得，当两头儿对挖的隧道打通时，工人们举行了盛大的庆祝会。经过工人们的辛勤劳动，他们终于盼到了那一时刻的到来——在地下相遇。这证明，工程师们的计算是非常精确的。

吉吉诺心里嘟囔道：

"太有意思啦，这些活儿居然是蚂蚁干出来的！"

福斯卡见吉吉诺待在那里想心事，就对他说：

"快，快，你也要帮着干。要是每次干一件困难的事情时，只是思来想去，停留在口头上，而没有实际行动，那什么事情都不可能干成！"

蚂蚁们干的这种活儿费时又费力。据吉吉诺的估计，蚂蚁们已干了四五个小时，可隧道还未打通。

吉吉诺总是以讽刺的口气跟福斯卡说话。蚂蚁们挖到一定的时候，他问福斯卡：

"我最尊敬的工程师，请允许我谈谈自己的想法好吗？"

"说吧。"

"我觉得隧道越来越朝深处挖，而不是在平面上挖，终有一天我们会把地球挖出一个窟窿来的。"

"还想说什么？"福斯卡微笑着问。

"要是上帝让我们活上许多年，我们准会挖到美洲的。"

然而，事实却郑重而快捷地驳倒了吉吉诺的话。蚂蚁们坚持不懈地挖呀挖，总觉得只要打通薄薄的一层泥土便可大功告成。

聪明的福斯卡带领着蚂蚁热火朝天地干着，最后她用双颚猛然一击,洞里掉下一层泥土,一束光线突然射进隧道。这时候,所有的蚂蚁激动得一跃而起,高声大喊:"太好啦!"

由十只蚂蚁看管的蚯蚓离挖好的洞口已没多远了。

吉吉诺惊愕不已,嘴巴张得大大的,连半句话也说不出来了。

吉吉诺是个见证人。刚从茧里出来时,蚂蚁是称职的家庭主妇和热情的保姆,挖土时,他们又是坚强和勇敢的矿工,这些吉吉诺都看在眼里,记在心里。现在的事实又充分说明,他们是挖隧道的行家里手,是开拓进取的工程师。

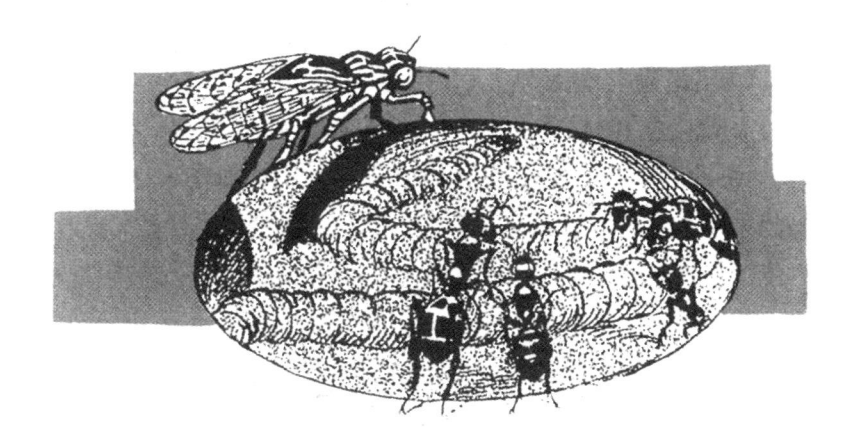

吉吉诺不知道是不是更应该赞美蚂蚁们的思维敏捷及其对隧道的精心设计和精确施工。

"我祝贺您的成功。"吉吉诺转身对福斯卡说,"我原以为你们没有这么大的能力呢!"

善良的福斯卡好像猜透了吉吉诺的心事,于是回答说:

露着衬衫角的小蚂蚁

"你经常对蚂蚁们失去信心是因为你自高自大。你自己没有能力干一件事，就以为别的蚂蚁也胜任不了。"

吉吉诺抬起了一条前腿，抓一抓自己的脑袋，不断地点点头。

福斯卡用通常那种温和的语气说：

"慢慢地，大家也不会怀疑你了。你现在还年轻，过不了三天，最多四天，你就会拥有像我一样的力量、聪明才智和经验，你将成为我们大家庭中最称职的蚂蚁。"

太阳落山后，蚂蚁加快了拖运速度。转眼间，蚯蚓便被拖进了隧道。

一些蚂蚁留在洞口。吉吉诺看到他们正在用小树枝、细麦秸、树叶碎片和土粒封堵洞口。

最后，他们小心翼翼地关上家门，以防夜间发生不测的事件。

可怕的"蛇"被放进一间屋子里。看到蚯蚓平卧在那里，吉吉诺想起了孩提时写过的一些关于蚂蚁的作文和读过的一篇名为《蚂蚁和蝉》的寓言，这是拉封丹[①]写的一部配有精美插图的书中的一个故事。吉吉诺还记得书中的一句话，禁不住说给福斯卡听："这就是为冬天准备的充足食物！"

"过冬的食物？"福斯卡不解地问。

"对啊！"吉吉诺自以为了不起地说，"难道您不知道蚂蚁们为准备过冬的食物从夏天就忙个不停吗？为了熬过寒

---

①拉封丹 (1621—1695)，法国著名寓言诗人。

冬，他们一直待在家里。"

福斯卡忍不住笑起来："你说什么呀，冬天我们是不吃东西的。"

"不吃东西？"

"什么都不吃，我们只是睡觉。"

"睡觉？"

"当然啦！"

"睡一个冬天？"

"整整一个冬天！"

"大家都睡？"

"都睡！"

吉吉诺不能不想一想，人们都说了多少胡话啊！写动物的人根本不了解动物。他又问："现在我们去睡觉吗？"

福斯卡回答："不能睡，晚上我们在家里劳动。"

"活儿干得太多了！"吉吉诺发牢骚地说，"实话说，整个冬天都用来睡觉倒是挺美的。什么事都不干，不用一成不变地晚上上床，早上起床，然后晚上再上床，早上再起床，这样周而复始……以至于没完没了，真是烦死人啦！"

9. 吉吉诺开始显露出战士本色

福斯卡突然对吉吉诺说：

"你对我的住处还不了解。去吧，先把身体清洗干净，然后我们一起到洞口去。"

"清洗干净身体？"吉吉诺愣愣地问。

"对啊，我们劳动时，身上沾满了灰尘。我想你不希望像吸血鬼那样满身都裹着污物吧？"

福斯卡所指的吸血鬼就是生活在家里的臭虫。还是蛹的时候，臭虫全身就裹着一层尘土、绒毛和墙角里清扫不到的所有脏东西。

这种蛹让人一看就厌恶。他利用自己这种伪装来引诱苍蝇和其他昆虫，用狡猾和背信弃义的手段捕杀天敌。相反，到了成虫阶段，他们就抛开臭不可闻的外衣，变得干干净净，不再以伪善的面目出现，开始过体面的生活。

孩子们，正如你们看到的，福斯卡说的都是大实话。福斯卡继续说：

"清洁是一个质朴忠厚动物的第一美德，展示着自己的高贵尊严，我们蚂蚁非常注意清洁卫生。"

吉吉诺显出心不在焉的样子，说：

"我完全同意您的忠告，可没有水、肥皂和毛巾，怎么清洗呢?"

福斯卡当然听不懂吉吉诺说的话,接着说:

"快,快,用你的脚掌,把自己好好打扮一番。"

吉吉诺试了一次又一次,但效果并不明显。他发现自己每条腿的末端都有一种弯曲的类似齿形小梳子的东西,用它可以梳掉触角上的尘土,同时,一只脚掌可以帮助梳理另一只脚掌上的短毛。

吉吉诺心想:

谁会想到我的头发长在脚上呢?

突然,吉吉诺停止了梳理,哭着叫起来:

"哎哟!哎哟!哎哟!"

"怎么回事?"福斯卡问。

"啊,我真可怜!哎哟,血从我头发里流出来了!"

福斯卡扑哧一笑说:

"放心吧,没关系。这是你梳理时不小心挤压了分泌腺的缘故。"

"挤压了分泌腺?"

"对,那些爪垫[①]的表皮上生长着的刚毛[②]与许多小小的腺体相连,它们会分泌出一种极容易流动的液体。"

"这种液体有什么用?"

"用途可大了。当我们在一个光滑而垂直的平面上步行时,你想过没有,那是靠什么支撑的呢?那是因为从每个爪

[①]爪垫:长在许多昆虫足掌后半部的海绵状垫子,上面布满分泌腺。
[②]刚毛:人或动物体上长的硬毛,如人的鼻毛,蚯蚓表皮上的细毛。

垫上都会挤出一滴这种液体，用来支撑我们的身体，却并不妨碍我们的行动。"

吉吉诺在挖隧道时，感到自己的脚掌很好使。这是因为他的每个脚掌前都长着两个呈钩状的爪子，用来挖土、抛土。于是他深有感触地说：

"我的上帝啊，我们的脚上有多少东西啊！什么爪子呀，爪垫呀，梳子呀……只缺少刷牙的牙刷、擦鼻子的小手绢和清洗衣服上油渍的小瓶汽油了！"

福斯卡说：

"现在我们回上面去吧。"

他们俩重新朝门口爬去。途中，吉吉诺感到周围有许多蚂蚁在热火朝天地劳动着，因为他的触角经常与忙忙碌碌的蚂蚁相碰。

"他们来来往往忙活着什么呢？"吉吉诺问福斯卡。

"正在搬运我们的幼虫和蛹。一般来说，我们蚂蚁对温度的变化特别敏感。"

"我从来都不相信蚂蚁居然这样怕冷怕凉。"

"正因为这样,我们按照每天的时辰变化,把幼虫和蛹搬运到不同的屋子。比如,阳光十分强烈时,我们把他们运到最深的地道,地下太冷时,我们把他们搬到离地面最近的屋子里。"

从骨子里说,吉吉诺是个好孩子,想到自己在卵、幼虫和蛹的阶段受到了太多的照顾时,他深受感动,于是对福斯卡说:

"这些小昆虫多好啊!我非常爱您。您要知道,现在,我找不到适当的话来表达我对您的感激之情,您听我说,您是用全部爱来悉心照料我的。"

"请别客气!你将来也要为别的昆虫做那些我已为你做过的好事。我给你的恩惠,实际上我也是受惠者。想想啊,我们必须坚持不懈地向他人施恩。而我们自己也愿意接受这种恩德。总而言之,我们必须为他人施恩,这种做法不仅仅是因为我们渴望得到它,还因为我们早已拥有了它。"

吉吉诺和福斯卡来到已经封闭的蚁穴门口。表情严肃的几只蚂蚁在通道门口来回走动着。

吉吉诺问:

"他们在干吗?"

"他们是哨兵,为我们站岗放哨。如遇到危险,他们会迅速地向在地穴中干活儿的其他蚂蚁发出警报。"

吉吉诺连忙说:

"我也想做一名哨兵。"

福斯卡回答说：

"毫无疑问，你会成为一名哨兵的。再说，你已保证要把自己锻炼成一只身强力壮的蚂蚁。根据我的观察，你具备成为一只优秀兵蚁的所有品质。"

"兵蚁？难道蚂蚁中也有兵蚁？"

"是的，如果情况需要，我们还要参加战斗。不过，我们需要选择那些有卓越才智、双颚有力的工蚁负责安全保卫工作。"

吉吉诺满腔热忱地说：

"我以名誉担保，我将在第一次战斗中就成为战场上的一名将军！"

吉吉诺说着，把一条右腿放到额头上，像哨兵一样行了个军礼。

10. 蚂蚁的乳牛

福斯卡回到蚁穴后，就带领吉吉诺参观蚁穴最重要的地方。

蚁穴由数不清的宽大房间组成。每间屋子都有走廊和通道连接，并通向一个最宽敞的大厅。大厅坐落在蚁穴的中央。天气最热时，蚂蚁便聚集到这里休息。

吉吉诺用灵敏的触角触摸着由坚固柱子支撑的拱廊，琢磨着这座天衣无缝的浩大工程，其设计如此精巧，结构如此严谨，布局如此合理，令他不禁感叹道：

"你们不仅是善良的保姆、强悍的矿工和优秀的工程师，还是杰出的建筑师！"

福斯卡回答说：

"要是否定这种说法，就是虚假的谦逊。我们所有的蚂蚁都对建筑业有着特殊的兴趣，绝不会像蜜蜂那样搞成千篇一律的建筑风格。我们按照自己新颖独特的设计方案大显神通，所以，我们能建成造型各异、荟萃各个蚂蚁灵感的优质工程。"

吉吉诺说：

"看来，写一部蚂蚁建筑史并非易事。"

"太难了。想想啊，除了五花八门的地下建筑物，我们还可以建空中楼阁!"

"空中楼阁?"

"我们有些蚂蚁把家建在树枝上,跟叶子相连,有的建在橡树的虫瘿①里,有的建在石缝里,有的建在墙壁的空隙里,还有的建在木材中。"

"这么说,他们都是木刻家啦!"

"是的,他们都棒极了。"

"他们同样也是雕刻家!"吉吉诺低声说。

吉吉诺不由自主地想起了那一段曾经涌现出许多杰出人物的光辉历史,从但丁·阿利盖里②到米开朗琪罗·博纳罗提③,他们在各个方面都是出类拔萃的。但丁是诗人、科学家和外交家,米开朗琪罗是雕刻家、画家、工程师、建筑师、诗人和战士。吉吉诺反复地将蚂蚁与历史名人相比较,这种思考看起来非常离奇,可并不缺少事实根据,他想:

我觉得变成蚂蚁后,就意味着成了伟人!

时至今日,我们把蚂蚁的家叫作蚁穴。其实,把他们的家叫作排列有序和坚不可摧的真正城市最为合适。

吉吉诺学着福斯卡的样子,用步子丈量着蚁穴的长度和宽度。他走到尽头后,估摸着蚁穴的高度起码是一只蚂蚁身

---

① 虫瘿,植物体受到害虫或真菌的刺激,一部分组织畸形发育而成的瘤状物。

② 但丁·阿利盖里(1265—1321),意大利文艺复兴时期著名作家、诗人,《神曲》是其代表作。

③ 米开朗琪罗·博纳罗提(1475—1564),意大利文艺复兴时期著名的雕刻家、画家。

体的三百倍。这时候,他想起人类最伟大的纪念碑——埃及金字塔:最高的一座才刚刚是人的平均高度的九十倍。

尽管吉吉诺对这种小昆虫(他也是这个队伍中的一员)能完成这么宏伟的工程感到惊奇,并充满着敬佩之情,可当他饥肠辘辘时,便禁不住问福斯卡:

"这一切都多么美好啊!既然蚂蚁在这里能够得到希望得到的所有东西,那么,请您告诉我,他们是怎样解决填饱肚子的问题的?"

福斯卡笑着回答说:

"直到今天,都是我喂你,可眼下你该学一学自己吃东西了。"

"这一点请您放心,现在,我可以向您保证,我一定能成功。"

"走吧,这样,你也可以看一看我们的牲口圈!"

这句话使吉吉诺大吃一惊。

"怎么,牲口圈?"

"对,我们去挤一点儿蚜虫的奶汁。"

"蚜虫？"吉吉诺真的感到不可思议，一直跟着福斯卡往前走。

途中，吉吉诺发现，福斯卡走的是一条倾斜的通道。显然，通道是通向地面的。走着走着，他觉得温度变得更加凉爽了。很清楚，他们已经走出地下通道。这通道与一条垂直的走廊相连，继续向上延伸，一直通到地面。

吉吉诺注意到了，走廊里还生长着一棵带茎的植物。为了保护这根茎，蚂蚁们在植物周围沿着茎修建好了一条空中走廊。

他们终于来到一个开在廊壁上的凹形宽大窗洞。这种窗洞恰似阁楼，里面常常栖息着一些连吉吉诺都叫不出名字的小昆虫。

所幸一束月光从小窗口射了进来，借着月光，吉吉诺认出阁楼的居民正是自己曾经多次看见过的，寄生在他家庭院中的玫瑰花梗上的小小昆虫。当时他只知道这种小昆虫的普通名字叫植物虱子。

福斯卡说：

"这里生活着两种小昆虫,一种叫蚜虫,一种叫瘿虫①。你需要哪一种,就抓住他来挤奶。"

吉吉诺从来就没有这样狼狈过。怎么挤?实话说,蚂蚁每条腿上那把小梳子是不卫生的。他还记得,当自己还是个孩子时曾吃过用山鹬肉做成的面包,严格说,那种面包并不干净,但还真的很好吃呢……他不能再无所作为了,于是学着福斯卡的样子在一只肥大的蚜虫身上挤奶吃,而蚜虫也非常愿意让他这样做。

吉吉诺很快发现,他用优雅的动作从这只温顺的昆虫身上挤出来的汁液原来就是他曾经品尝过的鲜美糖汁,于是,他不用同伴提醒,就毫不客气地饱餐了一顿。这时候,他觉得需要到外面呼吸一下新鲜空气,好帮助消化食物。

"那我们到外面待一会儿吧。"福斯卡说。

他们俩爬过阁楼的小窗户,沿着走廊的外墙往下爬,一直爬到地面。

月光中,吉吉诺看到的这座优雅的建筑物在通道里是无法做出恰当评价的。

拔地而起的这座建筑物看上去像是一根外形非常精巧的管道。管子的下端是一个球似的东西,也就是阁楼,蚜虫和瘿虫栖息在里面,更有意思的是球体的顶端居然长着一棵青枝绿叶的茂盛植物。

"我一点儿也不懂!"吉吉诺惊讶地说。

---

① 瘿虫,能在植物上形成虫瘿(也叫瘿瘤)的昆虫总称,如胭脂虫就属于这类昆虫。

"用不了多少解释，你就会明白了。蚜虫和瘿虫以吃植物的嫩皮为生，而我们特别爱吃他们消化后排泄出来的汁液，因此，我们捉住这些小昆虫，使他们跟我们生活在一起，挤他们的奶吃，就像我们做过的那样。"

吉吉诺深有感触地说：

"您听我说，在我的一生中，我从没有像今天晚上这样挤奶喝！"

"为了挤他们的奶，就得供他们吃喝。这就是为什么我们专为他们在植物的花茎周围筑起这种巢穴的缘故。在植物上，他们能找到自己喜欢吃的食物。自然，为了我们舒服的生活，我们为他们筑起来的家园就跟蚁穴相通了。也有例外的情况：当我们挖地道时，要是发现了一棵新鲜植物的根茎，就干脆把蚜虫搬到家中，把他们放生到根茎上喂养起来。这样做是一举两得的事情：既没有必要为他们找食物，也没有必要为他们再筑巢了，节省了很多劳动力。"

如果说，蚂蚁有时候会像我们人类一样因为狂热而做出不可思议的事情的话，那么此时的吉吉诺简直就被眼前的这种情景弄得晕头转向了。

蚂蚁像人一样，也有自己优良的奶牛。他们为奶牛建造了干净的牛圈，以便得到营养丰富的优质牛奶。吉吉诺这次出乎意料的收获大大超过了以往任何一次。除了蚂蚁的美德给他留下了深刻的印象，他也多了一层担忧。

事实上，吉吉诺又从原路返回，重新走进生活着蚜虫的阁楼，沿着走廊往下走，一直走到地下通道的蚁穴。一路上，他都在喃喃自语：

"概括起来说，这些蚂蚁都是保姆、家庭教师、矿工、工程师、战士、泥瓦匠、雕刻家、建筑师，甚至是饲养员！要是我在地道里遇见一位拉丁文老师，那就倒霉了，但愿上帝保佑！"

11. 一只蚂蚁见了拉丁文就肚子疼

回到蚁穴后，吉吉诺发现，蚂蚁是不可能患消化不良症的。

工蚁们还在穴里干活儿，有的正在加固白天已挖出的通道，有的正在扩建屋子，三只蚂蚁见两个同伴朝自己走来，停下劳动说：

"快看，他们给我们送吃的来了，我们饿极了。"

福斯卡赶忙来到一只蚂蚁前，并回头对吉吉诺说：

"你吃了为四只蚂蚁准备的食物，你去喂喂其他两只吧。"

吉吉诺还没有听懂福斯卡这句话是什么意思，两只工蚁已靠近他。他们的口对着吉吉诺的口，分别从他体内吸出好大一份刚刚吃下去的糖汁。

吉吉诺显然憋了一肚子火。

工蚁们又各自干活儿去了。吉吉诺对福斯卡说：

"噢，这是开什么玩笑？"

福斯卡回答说：

"要知道，在我们的消化器官里，有一个类似嗉囊的东西，里面存放着一部分食物，这是我们的粮食仓库，我们就是用那里储蓄的糖汁来喂幼虫的，也经常用它来喂专心干活儿的工蚁。否则，他们就得中断工作去找吃的。"

听完福斯卡的解释，吉吉诺觉得在热爱劳动和关怀劳动者方面，蚂蚁的品德又一次超过了人类。

所有的蚂蚁都热爱劳动，这一点，人类是不能同他们相比的。正在干活儿的蚂蚁甚至还有别的蚂蚁把食物送进他们的嘴里。不幸的是，在人类的世界里，劳动人民却忍饥挨饿，即便打着灯笼也是找不到食物的。

吉吉诺用触角感觉到的所有东西使得他对蚂蚁公民的井然有序、聪明才智、远见卓识、宽宏大量和情同手足有了深刻的了解，而在他是个人类孩子时，他是从来不关心这些的。

吉吉诺刚变成蚂蚁时，他满以为自己的聪明超过了这些小昆虫，可现在他完全明白了，人类一点儿也不应该嫉妒他们。

在短短的二十四个小时内，吉吉诺看到了多少事啊！仅在一天的时间里，他就发现了一个新世界，而这个新世界将永远留在他的记忆中。

然而，第二天早晨福斯卡的一番话却引起了他的一些思考，福斯卡对他说："今天是个好天气，你同其他刚出生的蚂蚁一起到大门口附近的一个地方上课去吧。"

听了这话，吉吉诺的热情顿时烟消云散。他迈着六条腿，很不情愿地跟在其他蚂蚁后面向门口走去。

所有的蚂蚁都聚集在大门口附近的宽大南瓜叶下面。一只表情严肃的蚂蚁坐在石子儿上，神态如同登上讲台的老师一样一本正经。

露着衬衫角的小蚂蚁

吉吉诺听到周围所有的蚂蚁都在轻声细语地议论着：有的说这是蚁穴中年纪最大的蚂蚁，有的说他见多识广，还有的说他研究过的问题堆积如山。

这位蚂蚁教授马上开始讲课。他说：

"亲爱的小伙伴们，由于诸位刚刚来到这个世界上，你们肯定非常想了解与自己有关的一些事情。借此机会，我很高兴向你们讲一讲与我们蚂蚁公民有关的政治和社会的历史知识。"

这时候，老教授清清嗓子，接着说：

"我们属于昆虫中最著名的膜翅目[1]类。有两种最聪明、最勤劳和最文明的昆虫属于这个目，那就是蜜蜂和蚂蚁。我们的公民遍布全世界，有上千个种类：有勤劳的、体形很小的棕色蚂蚁，也有贪得无厌的'赫克托耳'巨型蚂蚁[2]，有喜欢安静的'福拉沃'大蚂蚁[3]，也有勇敢善战、以偷窃为生的'亚马孙人'红蚂蚁[4]。亲爱的小宝贝们，我们是幸运的，让我们引以为自豪的是，我们生活在用自己劳动的双手

---

[1] 膜翅目昆虫，昆虫纲中的第四大目，包括蜂类和蚂蚁。

[2] "赫克托耳"蚂蚁，以希腊神话传说中的人物赫克托耳的名字命名的一种蚂蚁。此蚂蚁生活在美洲，喜群居，以掠夺昆虫和小生物为生。"赫克托耳"还有作威作福，欺负弱小之意。

[3] "福拉沃"蚂蚁，"福拉沃"为淡黄色，也可译为淡黄色蚂蚁。

[4] "亚马孙人"红蚂蚁，"亚马孙人"又译"阿玛宗人"，为希腊神话中女战士族群，据说住在黑海沿岸，骁勇，善骑射。她们的形象成为许多文艺作品的题材。这种蚂蚁就像捕捉奴隶的亚马孙人。它们抢劫不同种类的蚂蚁，为自己干活。所以这种蚂蚁就以"亚马孙人"的名字命名。

建立起来的文明的共和国里,在这里,所有的蚂蚁都有相同的义务,享有同等的权利,这个社会是建立在互相尊重和兄弟般情谊的基础之上的。"

由于上课的时间拉得太长,吉吉诺感到蚂蚁学校的规章制度跟孩子们的学校没有什么两样,于是,他抬起一条前腿,请求老师允许他暂时离开一会儿,去卫生间方便一下。

老教授不明白吉吉诺的举动是什么意思,也可能是装作听不懂,继续做爱国主义的报告:

"我已经够老了,可还是经常想到很多很多问题。我在美好的梦境中遨游,憧憬着我们蚁族伟大而光明的未来。今天,由于庸俗习惯势力影响,加上私利作祟,我们分成许多不同的部落,战火连绵不断。我们不懂得好客可以享受到快乐,反而却凶残地杀害那些胆敢闯入我们家园的外来蚂蚁。干吗要做这种事?也许终有一天,世界上所有的蚂蚁会意识到他们所犯的历史性错误,认识到他们之间存在着共同的利益和必须完成的使命,联合一切可以联合的力量,消除彼此间荒唐的敌意,成为昆虫界首屈一指的民族。好吧,我们看到的将是不同种类的蚂蚁,从欧洲的'Lasius'蚂蚁[1]到美洲的'Atta Cephalotes'蚂蚁[2]……"

"哎哟!哎哟!哎哟!"

这打断老教授讲话的"哎哟"声正是吉吉诺发出来的,"Lasius",特别是"Atta Cephalotes"两个拉丁单词使他得了

---

[1] 专门喂养蚜虫的蚂蚁。
[2] 专门培植蘑菇生长的美洲切叶蚂蚁。

露着衬衫角的小蚂蚁

胃痉挛。他浑身抽搐，疼得直叫唤。

12. 衬衫角又露了出来

教授停止了讲课,急忙从坐着的小石子儿上站起来,走到吉吉诺面前问:

"怎么回事?"

"哎哟!哎哟!我这儿不好受,在这里,靠近上面一点儿,就是这里疼,对,下面也疼!"

教授精通医学,还会做外科手术,于是边给吉吉诺做检查边说:

"你没有病。你的身体跟其他昆虫一样,也是由脑袋、胸脯和腹部组成的,还有六条腿。这里疼吗?"

"这儿疼!是这里……"

"知道了,是下面疼。你的肌肉系统是健全的,跟其他蚂蚁一样,你的肌肉发达,可以举起超过你的体重三十倍的重物。人类是宇宙之王,他们连相当于自己本身体重的东西都举不起来。你觉得这里怎么样?"

"我感觉这个地方难受……"

"是下面疼。可据我看,你的血液循环是正常的,消化器官也好得令人叫绝。吸气,这样吸气……你的呼吸器官也健全。你的血液充满活力,输送养分和收集废物的功能齐全。是不是神经出了毛病?"

"可能吧！事实上，当您说到神经时，我感到神经像被猛撞了一下。"

"好的，让我看一看神经系统。噫嘻！……至于这个系统嘛，也是好得没什么可说的。所有的细小神经都处在良好的工作状态，神经中枢也没有任何毛病。这些神经都是相互独立的。如果你被分成两部分，你会像所有的蚂蚁一样，每一部分都可以继续存活很长时间，现在让我来看看你的大脑。"

"我想，我的脑子不够发达……"吉吉诺低声说，显出痛心的样子。

"不发达？完全不是这样。你的大脑容积跟其他蚂蚁没什么两样，等于你身体的二百八十分之一。这就是说，这个比例跟人类和大型哺乳动物的身体重量与脑子的重量对比是差不多相同的，你看，这就充分证明我们蚂蚁有着智力上的优势。"

教授突然停止了说话，把三只普通的眼睛投向吉吉诺的腹部。

"哎哟！"教授低声说，"你的腹部有些不正常……"

"怎么回事？"有点儿惊慌失措的吉吉诺不安地问。

"你翻过身来。"

"您说什么？"

"真是怪事！"教授继续说，"这是我从没见过的咄咄怪事……要知道，在这个世界上，我见过的事情多如牛毛！"

"得，得，得，别说了，您能告诉我您看到什么东西了

吗?"吉吉诺问。他觉得身后有什么东西搔得他痒痒的。

"谁知道呢?"教授回答,"好像是个肉赘……"

"肉赘?我的上帝啊!"

"不过,它是一种可以折起来的纤维状物质,我不知道叫它什么才好。"

这个时候,其他的蚂蚁都围到吉吉诺和教授这边来,并低声议论着:

"啊,多怪啊,那白布条是啥玩意儿呀!"

"白布条?"吉吉诺顿时浑身发抖,很快站立起来往后看去。

一个可怕的念头跃入他的脑海。

他望了望四周。说时迟,那时快,吉吉诺跃到一棵草上。这棵草正好倒映在附近的一个小水洼中。吉吉诺爬呀爬,一直爬到草尖上,悬着双腿,牢牢挂在那里,低头往下望去。

毫无疑问。水洼正好映照着吉吉诺的身体，他清楚地看到了自己的倒影：腹部后面，两条后腿之间有一面小白旗。

看到这种情形，吉吉诺吓得差点儿掉进水里。

吉吉诺吃力地移动着双腿，霍地从草叶上站起来，回到水洼边。他多么希望忘掉自己在水中的倒影啊，可办不到，总是能看到屁股后面露出一面小白旗。

所有年轻的蚂蚁都在水洼边议论，吉吉诺听见了他们在说什么：

"这面小白旗真叫我怀疑……"

"对啊，这只蚂蚁不是我们家的……"

"他一定是外来的昆虫！"

"他是一个入侵者！"

"我们应该杀死他！"

小白旗让吉吉诺深感绝望。尽管他比别的蚂蚁身强力壮，可他连想都没想到要去抵抗自己的伙伴。年轻的蚂蚁们出于本能，不顾知识渊博的教授的反对和劝告，个个张开着双颚，把我们的英雄吉吉诺围得水泄不通，怒气冲冲地向他扑来。

真有意思，刚上完课，他们就教训起伙伴来了！

13. 小白旗万岁

这时,一只老蚂蚁突然急匆匆地来到乱哄哄的小蚂蚁中间,激动地大声喝道:

"大家住手!你们想干什么?"

原来是福斯卡,她来到吉吉诺跟前,伸出颤抖的触角,张开吓人的双颚,准备保护受到攻击的吉吉诺。

于是小蚂蚁们开始后撤。

"你们应该感到羞愧!"福斯卡严肃认真地说,"你们刚出生一个月,就这样横行霸道,是谁给你们决定伙伴生死的权力的?"

"他不是我们的伙伴!"一只小蚂蚁鼓起勇气说。

"他身后插着一面小白旗!"受到前一只小蚂蚁的鼓动,另一只小蚂蚁大胆地随声附和说。

火气越来越大的福斯卡接着说:

"什么小白旗不小白旗的!孵化出你们伙伴的这颗卵是我和另一只上了年纪的蚂蚁认出后捡回来的。我感到吃惊的是,像你们这样还离不开我们呵护、还没有多少生活经验和学问的小蚂蚁,居然敢对我们的做法说三道四!"

一些觉悟了的蚂蚁感到福斯卡说得有道理。这个时候,教授合起背后的两条前腿,摇头晃脑地嘟哝道:

"永远是这些老毛病！蚂蚁们从来都没有克服掉自己的偏见，缺乏信任往往使他们变得非常粗暴地对待外来蚂蚁！真遗憾……唉，今天的课算我白讲了，浪费了我许多宝贵时间！"

谢天谢地，我们的小蚂蚁终于感到有点儿羞愧了。当福斯卡抓起吉吉诺的一条腿让小蚂蚁看时，他们尴尬得不知所措。福斯卡说：

"你们应该承认自己的错误，好好想一想吧！你们看，他的身体稍黑，胸部和脑门儿是微红颜色的。这些难道不是我们家族的独特标记吗？谁能否认他是一只跟我福斯卡和你们诸位相同的蚂蚁呢？"

听完福斯卡的讲话，小蚂蚁对吉吉诺的敌意顿时神奇般地消除了。他们走近吉吉诺，跟他拥抱亲吻，表示和好。

福斯卡拉着吉吉诺，让他跟着自己往前走，用通常那种热情的语气对吉吉诺说：

"回家去吧，你刚才太激动了，应该休息一下才对。"

他们来到一间安静而偏僻的屋子，吉吉诺焦虑不安的心情逐渐平静下来。他深深地、痛痛快快地舒了一口气，然后对福斯卡说：

"哟嗬，亲爱的福斯卡女士，您对我多么好啊，我太感谢您了！要知道，我多么幸福啊！"

"别说了，别说了！"善良的福斯卡回答，"冷静下来就好啦！"

"常言说，心静自然凉！可谁能去掉我背后的小白旗呢?"

"去掉不去掉无所谓,这一点请你放心好啦!不过,我看到你后面那白色的玩意儿,总觉着不顺眼!"

"喂,在卵孵化的阶段也能看到这玩意儿吗?"吉吉诺问,不由得想起自己第一次蜕变的情形,那时,为了掩盖起小白旗,他还绝望地挣扎着把小白旗塞进裤裆里呢!

"是的,在孵化阶段,在变成幼虫和蛹后也还有,可你没有注意到。现在你长大了,那面小白旗也跟着变得显眼了。"

"变得很大了吗?"

"嗯,是的……不过,你别想得太多。相反,如何成为一只能干、善良的工蚁,你倒应该多想想。那样,你即使身后长着一面小白旗,大家也都会尊重你的。"

福斯卡说完离开了屋子。

吉吉诺有好几次都想把自己的秘密告诉保姆,可由于感到羞愧而始终开不了口。

现在,只有吉吉诺自己单独待在屋子里了。他陷入痛苦之中不能自拔,抱怨自己命运不佳,是命运使他的屁股后面总是露着一面可恨的小白旗。

"即使我变成了蚂蚁,也无法摆脱衬衫角的

折磨!"吉吉诺怒气冲冲地叹息着,"我还是个孩子时,总是被哥哥姐姐嘲笑,现在又成了蚂蚁们的笑柄。以前也没有什么不好,因为那时我至少可以用手把它塞进裤裆里去,可现在呢?它却留在我身上,我将永远永远地带着它了。我一直对妈妈说,我再也不想穿这条旧的开裆裤了,可妈妈根本不理我……唉……"

想到这里,吉吉诺突然打住了,这是他第二次想起妈妈。自从变成蚂蚁后,他忙得不可开交,根本顾不得想其他事情。

"妈妈!"他叹了一口长气自言自语道,"我可怜的妈妈啊!我可怜而又善良的妈妈啊!很长时间我没有见到你了!为了你的吉吉诺,不知道你已经流过,并且将继续流多少眼泪哟!啊,亲爱的妈妈,你可别着急呀!我是个坏孩子,又时常埋怨你,这一点,请你原谅。亲爱的妈妈,你永远是我的好妈妈。尽管我远离了你,变成了蚂蚁。我愿永远是你的儿子,永远是你的吉吉诺!我一如既往地爱你!我多么渴望见到你,好好亲你一下,并从你那里得到一些什么啊!对啦,这些东西我有了!这不,你给我在屁股后留下了这个衬衫角,也就是老露在裤裆外面的那个衬衫角。妈妈,由于这是你亲手做的,我从孩提时就有了屁股后面的小白旗,现在还有,可我打心眼儿里感谢这个衬衫角,因为这使我能够时常想起妈妈来。虽然现在我变成了蚂蚁,我还是非常高兴能够保留它!也许,它还能给我带来好运呢!谁说得准呢?可以肯定的是,妈妈有意无意做的事都是为了她的孩子好呀!"

　　想到妈妈,吉吉诺显得非常激动。他又笑又哭,用腿揪一揪后面的小白旗,手舞足蹈起来。

　　这次,他哭得真的好伤心,一百二十三只眼睛都是泪汪汪的!

14. 向蚁穴的一次进攻

两天后,吉吉诺长成一只大蚂蚁。他的身体发育得很好,也学到了很多知识,不再需要福斯卡的监护。福斯卡于是对他说:

"你再也不需要我了。"

"不是的,你对我太好了,我永远需要你。"吉吉诺回答说。正如教科书的语法所指出的那样,在这里,吉吉诺跟福斯卡对话时用的是第二人称的"你",而没有用"您"。吉吉诺记得,有时连人都会用错"您"和"你"的,在表达尊称时,蚂蚁是根本不会用"您"的。

吉吉诺动作非常敏捷,长得又很粗壮结实。他在每天与同伴的格斗中(蚂蚁非常爱体操练习),总能出手不凡,战胜对手。如此看来,吉吉诺被蚁穴的全体居民推举为卫兵队长,不足为奇。他总是被指派去干那些最冒险的事情,并临危受命去担当保卫蚁穴的任务。

吉吉诺用心武装自己。有一次,吉吉诺捡到一粒大麻籽,经过加工做胸甲用。他首先用尖尖的双颚把大麻籽咬开,再把它的壳儿咬出两个侧孔,把两条前腿套进去,做手臂用,最后把中间的两条腿放进胸甲里保护起来。

其他的蚂蚁,也就是他的伙伴并不习惯吉吉诺用这种方法装束自己，都好奇地看着他。这个时候，所有的蚂蚁都没有注意到一件事，这就是一些令人十分担忧的事情开始打扰这个善良、勤劳的民族的平静生活。

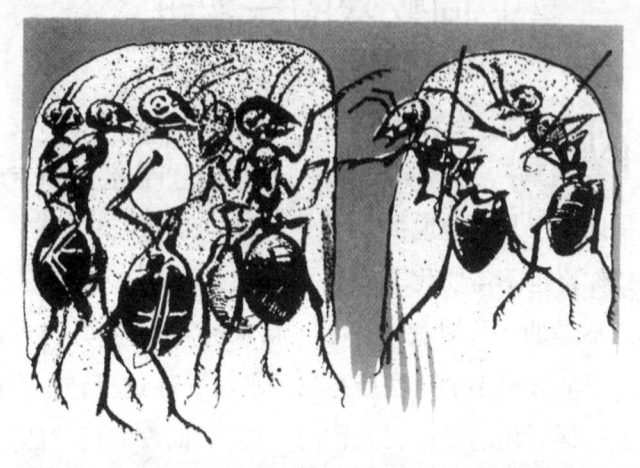

这几天，经常看到一些形迹可疑的外来蚂蚁在蚁穴附近转悠。他们一旦发觉自己被怀疑，便急忙逃走。

这些蚂蚁的行踪，特别是他们像人类那种鬼头鬼脑的样子，表明来者不怀好意。这天天气晴朗，中午很热，吉吉诺和他的伙伴正在蚁穴的中央大厅休息，突然从外面传来可怕的叫喊声：

"红蚂蚁来了！"

这是兵蚁发出的警报。

听到警报声，吉吉诺率领着群情激奋的蚂蚁立刻冲出大厅，沿着通道向蚁穴的大门口冲去。其他蚂蚁急忙通过另外一条地道，把卵和幼虫拖到屋子的深处，免得受到伤害。

入侵者被拦在地道里一个最狭窄的路口。吉吉诺惊喜地发现，这个狭窄的道口，对于他们抵抗敌人是多么有利。

红蚂蚁试图打开一个缺口，但无济于事，因为他们遭到守卫者英勇而顽强的抵抗。

"要是我们再晚来一会儿，"福斯卡说，"他们就会侵入到我们的家中，我们就完了！"

"我们的身体如同铜墙铁壁，谁也攻不破，压不垮。"吉吉诺边说边打退了企图冲上来的一只红蚂蚁的进攻。

不过，事情的进展并不全都令人满意。

是的，入侵者被拦在狭窄的路口，无法前进一步，可也不能使他们后退一步，眼下打一场决战又不可能。形势变得越发严峻和危险。

"看来，他们的势头很猛……"福斯卡低声说。

"真是这样吗？"吉吉诺问。

"这一点我深信不疑。他们的计划还没有完全落空，否则早该逃跑了。"

吉吉诺沉思片刻。

"福斯卡，"他突然对福斯卡说，"你能守住这个路口吗？"

"当然能，这是件轻而易举的事情。唯一的麻烦是，这场保

露着衬衫角的小蚂蚁

卫战恐怕得坚持一年的时间。"

"我不相信!"吉吉诺斩钉截铁地说,"我给你留下二十个伙伴拦截敌人的进攻,你说够吗?"

"足够了!"

"好吧,看我如何收拾他们。"

吉吉诺给福斯卡留下二十多只蚂蚁。为了不让敌人发现他们的意图,吉吉诺悄悄地带领着其他蚂蚁,重新钻进那条把蚯蚓拖进蚁穴的通道。他的计划不愧为一个伟大的战略家的方案。这个时候,他感到自己成了蚂蚁们的毛奇①将军。

从通道里出来,吉吉诺命令由一百多只蚂蚁组成的装备精良的大军停止前进。他爬上一处高地,从那里观察蚁穴大门的动静。

福斯卡的判断完全有道理,来的红蚂蚁非常多,这不,长长的队伍一直绵延到大门外,后面的催逼着已进入洞穴的,朝吉吉诺他们这边冲来。

"前进!"吉吉诺命令伙伴们,"注意别出声!"

---

① 毛奇(1800—1891),德国陆军元帅。曾经参加普奥和普法战争,因屡建奇功而被封为伯爵。

15. 吉吉诺成了战场上的将军

亲爱的孩子们，你们看过以"野牛比尔"①为题材的戏剧吗？"野牛比尔"实际上指的就是著名的科迪上校。这出戏曾在欧洲主要国家的首都巡回演出，再现了美洲辽阔、荒凉的大草原风情。那些牧羊人头戴宽大的毡帽，总是策马驰骋，可他们经常受到红皮肤人，也就是头上插着红羽毛、以侵略和抢劫为生的印第安人的威胁。

孩子们，你们应该知道，红蚂蚁凶残野蛮，不劳而获，经常对别的文明蚂蚁发动残酷的战争。他们聚众闹事，就像一群小偷，突袭其他的蚁穴，钻进里面偷走蚜虫和瘿虫（相当于人类的家畜），把抢来的食物拖进自己的洞穴。

更可恶的是，这些靠掠夺和抢劫为生的蟊贼还偷盗勤劳蚂蚁的卵和幼虫。你们知道这是为什么吗？原因是一旦这些卵和幼虫羽化成蚂蚁后，就将是他们数也数不清的奴隶。他们强迫这类蚂蚁干活儿，管理家务，为他们效劳，帮助他们恢复精力、清洁身体！

正因为这样，他们的蚁穴跟其他蚁穴不同，是一种混合蚁穴，除了供他们的同类居住外，被沦为奴隶的那些蚂蚁也

---

① 野牛比尔，美国侦察兵、牧羊者科迪（1846—1917）的绰号，据说他曾和印第安人、强盗等交战，功勋卓著。

住在这里。

在红蚂蚁或血红蚂蚁这些好战蚂蚁的混合式蚁穴里,还住着两种叫"福斯卡"和"鲁发"的蚂蚁。这两种蚂蚁非常聪明勤劳,特别受到沦为奴隶的蚂蚁青睐。

你们可以想象得到,这群盗贼早已失去了耐心,随时抓住有利时机,准备一举闯进并占领吉吉诺他们的蚁穴,洗劫一空。

这时,突然传来一阵大喊声:

"杀死这伙强盗!"

这是吉吉诺率领部队偷袭红蚂蚁的营地来了。

红蚂蚁被这突如其来的喊杀声完全镇住了,队伍一下子乱了套。他们企图重整旗鼓进行反攻,可徒劳无益。吉吉诺和他的战友不失时机地把这群强盗切断为两部分,使得他们无法组织有秩序的抵抗,陷入混乱中不能自救。乱成一团的红蚂蚁顷刻间从进攻者变为挨打者,一个个吓得如惊弓之鸟。

吉吉诺的这次军事行动以迅雷不及掩耳之势把敌人打得落花流水,争先逃命。

"伙伴们,对这些坏蛋要穷追猛打。"吉

吉诺对同伴们大声说，"要竭尽全力，将他们斩尽杀绝！"

当军队乘胜穷追仓皇逃命的敌人时，吉吉诺迅速接近蚁穴，用一片枯萎的树叶盖住洞口，仅留下一个供一只蚂蚁通过的空隙。

那些已进入隧道的红蚂蚁不知道洞外的部队已全军覆没，继续冒险向前推进。

吉吉诺自言自语道：

"这些坏蛋已经闯入了我们的家，绝不能让他们了解我们的家园后活着逃出去！"

想到这里，吉吉诺依托横挡在洞口的那片枯萎树叶，向洞穴伸出两条前腿，大叫一声：

"福斯卡，听我说，把这伙强盗从里面赶出来！"

听到喊声，狭窄的隧道陷入一片混乱。

红蚂蚁听到喊杀声顿时惊慌失措，乱作一团，纷纷离开自己的队伍，掉头拼命向后撤退。由于福斯卡和她的同伴一个劲儿地从后面穷追猛打，红蚂蚁只得仓皇地朝洞口逃跑。

红蚂蚁你推我挤，向洞口蜂拥而来，可他们万万没有想到，洞口是这样的狭小，只得争先恐后，不顾一切地向外挤。

这正是吉吉诺所希望的。

他做好了准备，张开双颚，看到一只红蚂蚁邻近洞口，就毫不客气地咔嚓一声，咬下对方的脑袋。他像戏院的门卫，不断地对红蚂蚁喊道：

"先生们，请进吧，我已替诸位预定了剧院的座位！"

吉吉诺已经咬掉了十一只红蚂蚁的脑袋。正当他要咬第十二只时，听到一个熟悉的声音问：

"喂，你干什么呢？"

是福斯卡来了。

"哎哟，真对不起！"吉吉诺说，"你没事吧？来一只，我咬一只，这是惯性在作怪！你看！"

福斯卡在洞口看到的全是入侵者被咬下的脑袋，洞穴里的红蚂蚁一只都没有跑掉。

"现在该我来打扫战场了！"吉吉诺说。

吉吉诺在洞穴附近转来转去，找到很多细小的树枝，用树枝尖穿起被咬下的红蚂蚁脑袋，插在洞口。

做完这件事情，吉吉诺说：

"入侵者胆敢偷袭我们的家园，这就是对他们最好的警告！"

"毫无疑问，他们还会来的。"福斯卡说，"红蚂蚁是我们不共戴天的敌人。明天他们还会再来的，等着瞧吧！"

福斯卡说话时，从附近传来一阵喧哗声。这是追击敌人后凯旋部队的欢呼声。

看到细小树枝尖上挂着敌对蚂蚁的脑袋，获得胜利的蚂蚁将吉吉诺团团围起来，不断高呼：

"万岁，我们的指挥官！万岁，小白旗英雄！"

吉吉诺摸摸屁股后面的小白旗，再一次想起了妈妈，自言自语道：

"我可怜的妈妈，要是你能看到你的吉吉诺变成了蚂蚁将军，你会多么的欣慰啊！"

16. 吉吉诺沉浸在野心勃勃的迷雾中,陷入"炮手"的烟幕里

喧闹中,一个严肃的声音突然说:"为了保卫我们的家园,你们做了一件好事,可战争本身是一种罪恶。为正义事业去发动战争也是不应该的,任何战争都是一场悲剧。"

这是老教授在讲话。

"因此,"老教授继续说,"你们不应该沉溺于无限的欢乐之中,而让战争的胜利冲昏头脑。你们要为那些滥用权势,闲游放荡,不劳而获的民族感到悲哀,做一个文明民族才能真正的无上光荣。"

吉吉诺本想反驳这些话,可老教授还是说个不停:

"战争总是一种灾难,对胜利者也是如此。看看周围吧,你们的伙伴不知道死伤了多少!这就是说,我们的幼虫失去了无数的保姆,我们的家园失去了无数的劳动者。"

福斯卡是只明智的蚂蚁。她认为老教授说得有理,于是说:

"完全正确,我们应该为保卫家园而战死的英雄们举行体面的葬礼。"

大多数蚂蚁重新返回蚁穴,继续刚才中断的劳动,有的

去寻找死伤的同伴,将他们小心翼翼地拖到洞口,再转运到蚁穴深处。然后他们对伤者给予精心治疗,把死者转运到了公墓。

"运往公墓?"我们的小读者可能会不解地问。

吉吉诺同样感到莫名其妙,因为他并不知道蚂蚁族也把自己家庭的死者安葬在一个合适的地方。

看到眼前的情景,吉吉诺终于信服了。于是,他随着送葬的队伍,来到一座被一种枝繁叶茂的植物掩映着的巨大空地上。毫无疑问,这种植物对蚂蚁来说就是垂杨柳①。不仅早已死去的很多蚂蚁一排排长眠于此,而且那些刚刚死去的蚂蚁在开完追悼会后也要安葬在这里。

葬礼结束后,其他蚂蚁都返回蚁穴,吉吉诺却想再看一

---

① 垂杨柳,落叶乔木,树枝细长下垂,好似一串串流下的伤感泪水,又称哭柳。这里指对死去蚂蚁的哀悼。

下战场，在附近转转。

对于获得的胜利，吉吉诺感到非常满意。想起这一天发生的一幕幕难以忘怀的情景，他的头脑发热，野心开始膨胀，甚至做起重返战场，获得更多战利品的美梦。

吉吉诺靠在一棵草上，沉浸在扬扬得意的幻想之中：

"老教授可以说他想说的话，不过，我感到自己就是天生干大事的蚂蚁。在争取光彩照人的事业中，我的第一步就铸造了巨大的辉煌业绩。毫无疑问，如今，我成了蚂蚁们不可想象的最伟大的将军。如果真像福斯卡说的那样，红蚂蚁明天再次进攻我们，对我来说，这将又是一次获取光辉胜利的大好机会。我成了蚂蚁首领后，谁还能阻拦我成为所有蚂蚁的国王呢？"

这个时候，附近传来一阵阵奇怪的声响，好像有谁在嘲笑他的幻想和野心。吉吉诺觉得自己被一种云雾状的东西重重包围了，同时还闻到一股无法忍受的臭味。

吉吉诺猛然一跃，跳到这棵草的另一边，说句不好听的，他看到一只黑色的背上布满红色斑点的古怪昆虫正把屁股对着他呢！

"是谁教你放这臭气的？"吉吉诺气愤地问。

为了回答他，昆虫先是发出一种跟先前相同的噪声，然后再次向吉吉诺放出一团烟雾，这次他差点儿被熏倒了。

吉吉诺顿时勃然大怒，拼命地向那没教养的昆虫扑去，爬上他的背，用两条前腿夹住他的脑袋，张开双颚，准备像刚才对付敌人那样，一口咬掉对方的脑袋。

露着衬衫角的小蚂蚁

"请你别杀我!"昆虫哭哭啼啼地哀求。

"瞧你说的!"吉吉诺说,"可实在对不起,我不得不杀死你,看看你对一个将军做的那些缺德事吧!"

"我以为你要进攻我,所以我得自卫!"

"咦,这叫自卫?真的吗?嗬!告诉我,所有的动物都像你这样自卫吗?"

"是的。"

"能告诉我你是什么昆虫吗?"

"我们是'炮手'①。"

"太好啦!"吉吉诺说,"不过,我不喜欢像你这样的炮轰!"

吉吉诺张开双颚,准备一口咬掉昆虫的脑袋,突然,一个念头闪过。于是他低头问昆虫:

"亲爱的'炮手',告诉我,要是我饶你一命,你能不能保证不再炮击我了?"

"我以一只正直的鞘翅目昆虫②的名义向你保证,绝不食言!"

吉吉诺从"炮手"的背上爬下来,从头到尾打量一番后问:

"那么,你是一种甲虫③吗?"

---

① 炮手,一种为了自卫而施放臭气的昆虫,俗名又叫放屁虫、臭大姐等。
② 鞘翅目昆虫,我们常说的甲虫,是昆虫纲最大的一个目。
③ 甲虫,鞘翅目昆虫的统称,如金龟子、天牛、象鼻虫等均称为甲虫。

"是的，你没见过？"

甲虫打开翅膀，展示自己特殊的风采：一对适合飞翔、极为精致的膜质后翅上，覆盖着另一对角质的前翅，差不多起到一个鞘的作用，以免膜质的后翅静止时被损坏。蟑螂和所有的甲虫都具有这种特殊功能。

"我就是一只卡拉比家族甲虫①。"甲虫说，"就颜色的艳丽程度来说，我们是一种非常漂亮的昆虫。"

"你漂亮不漂亮，随你自己说。可你不讲礼貌。"

"你肯定指的是我从屁股后面放的那股刺鼻的气味！"

"那算什么味呀！"吉吉诺连声说，"那明明是熏死人的臭味！"

"那是我的武器，是用来抵御外来侵略的，也是我用来捕捉更小昆虫的，他们会被我熏得窒息而死。"

"你是想吃掉我，对吗？"

"我不否认这一点，不过，像你这样没有被我熏倒的例子还真没有过，你抵抗得很顽强。"

"就算我还幸运吧！那么，你再听我说句话：你能给我找十二个像你这样的'炮手'吗？"

"没有问题。还有五只甲虫跟我住在一块石头下面，其他的住我家附近。"

"好极了！要是我为你们准备一百只或者更多一些蚂蚁的丰盛大餐，你大概不会拒绝吧！"

"瞧你说的！"

---

①卡拉比家族甲虫，一种益虫，夜间活动，以蜗牛和蛴螬为食。

"那么，请你听我说：明天黎明时，请把你的伙伴集合到那边的南瓜叶下面等我，你看到那南瓜叶了吗？"

"放心吧，我一定在那里等你。"

"到时，我再告诉你应该注意的事项……再见，亲爱的朋友。请你记住我一句话：保存好自己的臭气留待明天用。"

吉吉诺说完，伸出腹部后面的两条腿，自言自语道：

"吉吉诺呀，要是拿破仑皇帝[①]见到你的话，也会自愧不如的！"

[①]拿破仑皇帝 (1769—1821)，即拿破仑一世皇帝，法兰西帝国的缔造者，卓越的军事家，野心勃勃的政治家。

17. 小白旗一世皇帝

第二天黎明，趾高气扬的吉吉诺就把年老的蚂蚁召集到了蚁穴的中央大厅，以毋庸置疑的口吻果断地说：

"我向你们宣布，今天上午我要去攻打红蚂蚁，跟他们决一雌雄。"

老教授连连摇头，严肃地说：

"这样一来，我们就从有理变成无理了。我们不能利用自己的自卫权利去反对邪恶的侵略，要是这样，我们自己不就变成了邪恶者和侵略者了吗？"

"我们应该将他们一网打尽！"吉吉诺用生硬的口气说，"再说，我昨天已取得了胜利，毫无疑问，胜利是一定属于我们的。"

"岂有此理！你已经开始责备曾为你效劳的同伴了，保卫家园是你的义务，你不该这样吹牛！"

"什么义务不义务的！"吉吉诺傲慢无礼地说，"要是昨天没有我，鬼知道会有什么结果。总而言之，一切都准备停当，过一会儿，我和我的部队将向敌人发动进攻。"

听了吉吉诺的话后，老教授更是愤怒，霍地跳了起来连声说：

"你的部队？你的部队？你太不自量了，你居然把同伴的生命当作儿戏，是谁给了你这样的权力？在我们这个社会，难道你忘了所有的成员都有着同样的权利和义务吗？"

"要是大家都一样的话，"吉吉诺气恼地说，"为什么昨天谁也没有我干得漂亮？"

吉吉诺根本不讲理了，甚至连保姆福斯卡那些热情的话也听不进去了。此时他一边往大厅外面走一边大声说：

"不管怎样，昨天跟我浴血奋战的蚂蚁都非常信任我，并愿意继续随我投入新的战斗！"

实际上，大多数蚂蚁都被昨天的胜利冲昏了头脑，他们都热情地支持吉吉诺的建议。吉吉诺把蚂蚁们编成长长的战斗队形，没跟老蚂蚁打任何招呼，便走出蚁穴，率领部队出发了。途中，他自言自语地说：

"说部队是我的，这并没有错，现在我得到了他们的完全支持。等着瞧吧，凯旋后，发动一场政变是不可避免的。"

行军一段路程后，吉吉诺命令部队停止前进。将队伍排列成行后，吉吉诺开始授军衔。他这样做的目的首先是要激发其追随者的野心，使他们对自己更加忠诚。接着，吉吉诺发话说：

"军官们，士官们，军士们！昨天，你们表现得很勇敢，我相信，今天你们一定能帮助我歼灭敌人！"

"小白旗将军万岁！"蚂蚁们齐声高呼。

吉吉诺继续说：

"军官们，士官们，军士们！我已制订出一个出奇制胜的方案,用这个战术,我相信胜利是肯定无疑的。现在你们在这里待一会儿等着我,我马上就回来。回来后,我们就去攻打敌人。"

说完,吉吉诺把部队的指挥权交给了分别叫"大头"和"大钳"的两个健壮蚂蚁,同时任命他们俩为自己的副官。吉吉诺对他们完全信任。

事实上,"大头"力大无穷,可不够聪明;"大钳"的双颚非常厉害,没有什么大缺点,不足之处是老嚷嚷肚子饿得慌。他们俩对吉吉诺这样的首领忠心耿耿,吉吉诺对他们也很放心。

吉吉诺来到南瓜叶附近。正是在这块荫蔽的空地上,老教授为蚂蚁们的和平与安宁费尽了口舌,但一切无济于事,吉吉诺在这里遇到了那只甲虫,正是他们在昨天缔结了秘密的联盟。

"喂！"吉吉诺问甲虫，"其他的'炮手'在哪儿？"

"喏，在那儿。"甲虫回答。

吉吉诺看到了南瓜的叶子下面已经聚集了一群甲虫，数了数说：

"一共有十二只，好极了！他们都一定听从你的指挥，对吗？"

"当然啰！"

"那么，现在你好好听着，我是将军……我指的是现在……我希望成为更多甚至所有蚂蚁的将军。我的部队已部署在离这里不远的地方，准备去攻打敌人。敌人的行踪一旦被我们发现，我们就把他们朝这边赶……你懂吗？你看到他们进入射程内，就命令开火……轰！轰！给他们以无情的打击。"

"肯定无疑。""炮手"回答说，"我们将打他们个片甲不留！"

"好的，再见！祝你到时胃口大开，饱餐一顿！"

吉吉诺赶回他的部队。

"有什么新情况吗？"吉吉诺问他的两个副官"大头"和"大钳"。

"是的，将军。""大头"回答说，"我们看到不远处有一群红蚂蚁向我们这里蜂拥而来，他们一见到我们便扭头跑掉了。"

"那么就拼命追击。发现敌人的行踪后，我们要突然改变方向，迂回包抄过去，将他们赶往南瓜叶那边。"吉吉诺摆出一副架子，装腔作势地说，"我已经在那里部署了大炮。现在以营为单位，向前正步走！"

整个部队马不停蹄地向前挺进。

吉吉诺来到一只蚂蚁跟前，让他带路，因为这只蚂蚁昨天曾经追击过准备逃回蚁穴的敌人（也就是红蚂蚁），熟悉敌情和这里的一草一木。

事实上，在这只蚂蚁的指引下，吉吉诺很快发现了敌军，好像敌人就在那里专门等他一样。

吉吉诺使了一个诡计将自己的部队迂回到敌后，而敌人并没有弄清对方的意图。

"这些蚂蚁简直是榆木疙瘩！"吉吉诺自言自语，"他们不懂得什么叫战术。"

吉吉诺带领部队向敌军猛扑过去。红蚂蚁仅有五十多只，根本无法抵抗凌厉的攻势。

"你们要拼命地向前驱赶他们！"吉吉诺高声命令他的士兵。

再驱赶红蚂蚁已变得没有必要了。看起来，被迫杀的红蚂蚁简直是望风而逃，他们好像明白吉吉诺的"部署"，于是主动地朝南瓜种植地方向撤退。逃跑中，红蚂蚁还时常回头望上一眼，看看敌人是不是还在继续追赶他们。

当红蚂蚁逃到南瓜种植地附近时，忽然听到一声大喊："开火！"

随着一声令下，密集的炮火骤然而起，霎那间，红蚂蚁被团团烟雾包围，浓烈的气味扑面而至，使得他们再也透不过气来。

开火的命令一个接着一个,炮火越来越密集和猛烈,吉吉诺命令部队停止前进。他指着不远处升起的滚滚浓烟,对部下说:

"这是我们的'炮手'用机关枪在迎接敌人呢!"

看到战斗就这样出其不意地结束了,蚂蚁们无比激动地连声高呼:

"万岁!万岁!万万岁!"

接着,"炮手"放出的臭气开始向他们这边飘散过来。于是,吉吉诺命令部队向左转。当已经差不多窒息的红蚂蚁垂死挣扎时,吉吉诺把部队带到由石头围起来的一块地方,他让士兵们在自己面前排成队,便开始讲话:

"军官们,士官们,军士们,这场战斗打响前,一些上了年纪的蚂蚁以种种借口反对我的计划。你们看得很清楚,由于老蚂蚁的阻挠,我的大获全胜的战略部署并未完全实现。为了我们的事业,我们应该知道如何去争取联合强大的盟友,只有这样,我们的家园才得以从不共戴天的敌人手中拯救出来。"

"对!"战士们高声大喊。

"在这种情况下,"吉吉诺继续说,"我认为,我们蚂蚁社会目前实行的制度是一种荒谬的制度,这种制度与自由价值观和进步意识是根本对立的,而这些素养是任何一只现代蚂蚁所必须具备的品质。要是所有的蚂蚁都是平等的话,那么,我们就应该跟那些干什么都是老一套,思想守旧和前怕狼后怕虎的老蚂蚁进行坚持不懈的斗争。军官们,士官们，军士们，我要说，你们应该选举一只天才的、勇敢的并得到你们充分信任的蚂蚁当你们的领袖，你们的国王，甚至你们的皇帝。"

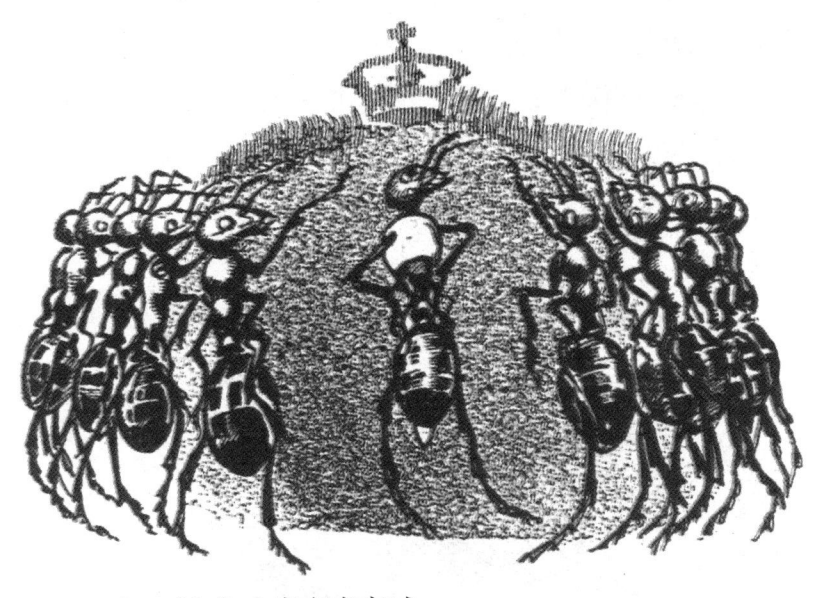

"好！好！"大家齐声高喊。

"一句话，你们需要有一只像我这样具有伟大天分的蚂蚁，比如说，他像我一样精通军事，善于利用大好时机去争取所有战斗的胜利，就像刚刚获胜的这次战斗一样，而它是我领导并战而胜之的。你们需要这样的一只蚂蚁。他善于带领你们去争取荣光，铸造辉煌，并知道怎么去实现自己的理想。当然，这跟我毫不相干，你们可以自由地选择自己认为合格并喜欢的领袖。"

吉吉诺这样说，是想显示一下自己的伟大谦虚，好收回刚才的话，显然，此时此刻，这根本做不到。

这时候，战士们齐声大喊："我们要小白旗！"

吉吉诺连眼都没眨一下便脱口而出：

"那好，我们就这样说定啦，以后大家都叫我小白旗一世，也就是蚂蚁皇帝！"

大家齐声欢呼："万岁！小白旗一世万岁！"

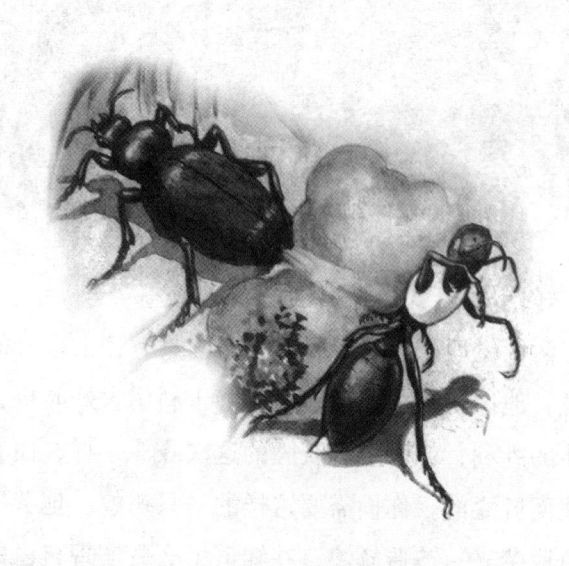

19. 入侵

如今，吉吉诺实现了自己的美梦。

可另一方面，他又为自己的野心竭力辩解，他自言自语地说：

"从骨子里说，我对学习是不感兴趣的，可我是个聪明的孩子。我先是变成蚂蚁，后又成为蚂蚁王国的首任皇帝，这是顺理成章的事情。"

但是，凡是野心勃勃者，总会因自己的野心受到应得的惩罚。野心是永远也满足不了的。一个愿望满足后，另一个更大的愿望便接踵而至。

吉吉诺当了皇帝后不但不满足，反而烦躁不安，野心急剧膨胀，他想：

只当个蚂蚁王国的皇帝？这只不过是我应得的头衔。现在我必须获得更多更大的头衔。蚂蚁只不过是膜翅目昆虫的小小兄弟。我能不能成为整个膜翅目昆虫的最高统帅呢？再说，既然我已经开始跟"炮手"甲虫结成了联盟，我就能把自己的权力扩展到整个甲虫，也就是整个鞘翅目昆虫。还有，谁说我吉吉诺不能成为地球上所有昆虫的皇帝呢？人类难道不是动物之王吗？那么，对于一个已经变成昆虫的人来说，最起码也能够成为所有昆虫的皇帝。

吉吉诺的个人野心戏剧般地得以初步实现，现在他用一种恩赐的语调对部下讲道：

"好啦！好啦！我接受诸位推举我为皇帝。不过，最好按照一定的程序来办理此事，那就是等我们返回蚁穴后，举行一次登基和加冕的正式仪式。"

吉吉诺的心里还犯着嘀咕：

"我对那位讲拉丁文的讨人嫌的老教授有种酸溜溜的特殊感觉，谁知道那时他的情绪会坏到什么地步呢！"

吉吉诺扫视了一下战场，看到十二只甲虫正在津津有味地吞噬被他们的臭气熏死的红蚂蚁。接着，他率领部队返回了蚁穴。

他刚到达蚁穴门口，就突然停下来，禁不住惊叫道：

"出了什么事？"

有新情况！确实发生了什么意外，因为那些用来掩护洞口的小山似的屏障，几乎全部被毁，洞口已被糟蹋得不成样子了。

"进洞！"吉吉诺大喊一声，向蚁穴扑去，他的参谋部的成员也随他进去。

他来到中央大厅，突然被一时还没认出来的一群蚂蚁包围着。

只听一只蚂蚁大喊道：

"冲啊，必须阻挡他们的部队进来！"

这些话和其他许多迹象表明，吉吉诺及其同伴的处境突然变得可怕起来。

蚁穴已被红蚂蚁占领。

吉吉诺不明白他们的蚁穴是什么时候和怎样被攻占的,可事实是毋庸置疑的。吉吉诺力图在一团乱麻中理出一个头绪,可徒劳无益。他觉得两个陌生的触角在他身上的各个部位探来探去,并听见一只蚂蚁嘲笑说:

"喏,这就是大麻籽将军,刚才的阵地大战就是他指挥的!""我能不能知道到底是怎么回事?"吉吉诺发火了。

"尊敬的将军,我现在就打开天窗说亮话吧,把事情向你说个一清二楚。你以为你愚弄了我们,而实际上,是我们愚弄了你。你可能错误地认为,我们昨天失败后,就不敢攻打你们了。在这种情况下,你带领部队前来攻打我们,想跟我们打一场决战。我们已派出侦探摸清了你们的意图,结果,对你进行了突然袭击,打了一个漂亮仗!"

事实上,吉吉诺想起了副官"大钳"曾向他谈到有一群红蚂蚁在蚁穴周围转了大半天的情况。

红蚂蚁继续说:

"接到侦探的情报,我们向你那里派出了五十多只蚂蚁,他们的使命是把你吸引住,正如他们已经做到的那样。另外,我们的精锐部队早已来到这里,攻占了你们毫无设防的家园。现在……现在……你可以亲眼看看、亲耳听听我们下一步将干什么。"

这时红蚂蚁突然改变腔调说:

"把这个俘虏看管起来,我要让他们看看,我们红蚂蚁是如何从敌人军事战术的失败中接受教训并进而战胜他们的。"

吉吉诺想拼命反抗，可无能为力。

他马上明白了红蚂蚁最后一句话的含意。从频繁的军事调动和听到的命令来看，吉吉诺发现，红蚂蚁正在准确地重复着他昨天使用的花招儿。

当一部分红蚂蚁封锁蚁穴大门口时，他们的大队人马冲出拖运蚯蚓的那条隧道，如同一把尖刀，出其不意地直插吉吉诺的部队，结果吉吉诺的部队被打得片甲不留。

吉吉诺现在如坐针毡，他多么希望自己的士兵能够抵挡住红蚂蚁的进攻啊！他焦急地盼望着，盼望着……

对他来说，几分钟就如同几个世纪那样长。

突然吉吉诺听到从蚁穴大门口传来的叫喊声：

"我们胜利了！"

再也用不着怀疑了，他的部队已被敌人彻底打败，最后一线希望完全破灭了。

吉吉诺低下头，为了不让别的蚂蚁听见，他小声说：

"我算什么小白旗皇帝啊！"

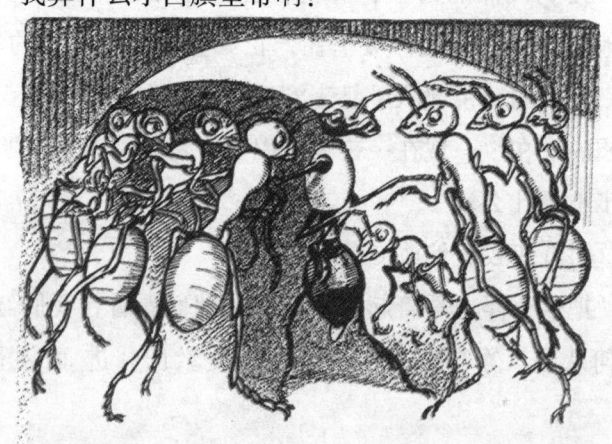

19. 一只没有头脑的蚂蚁如何战胜一只有头脑的蚂蚁

过了一会儿,吉吉诺看到红蚂蚁们聚集在一起议论纷纷,他清楚地听到了那位看起来是位指挥官的红蚂蚁的话。

"我们打了一场大胜仗。"红蚂蚁指挥官说,"我们打败了敌人,又攻占了他们的家园。我看,把我们蚁穴中的卵、幼虫和蛹再运到这里已没有什么必要。我们是这里至高无上的主人。我们要扩大战果,把整个蚁穴置于我们的统治之下,同时,留下一支部队负责安全保卫工作。在这场战斗中,每只红蚂蚁根据自己能力的大小都完成了使命。每只蚂蚁的权利都是平等的,所以利益大家平均分享。这个被我们打败的蚂蚁家族的卵、幼虫和蛹变成蚂蚁后,他们就是我们的奴隶。"

红蚂蚁对他们指挥官的讲话报以热烈的掌声,此时此刻,吉吉诺对自己的所作所为跟这位红蚂蚁的首领做了一番对比。

他第一次明白,自己对这次灾难负有不可推卸的责任。由于自己的野心作怪,根本听不进一些明智的劝告,一心一意想当皇帝，发动了战争，结果引狼入室，招致敌人的侵袭，使这个善良、谦和、勤劳和热爱和平的家族遭到毁灭性的打击，造成这种悲惨结局的唯一原因就是他的皇帝梦。

吉吉诺的思路被打了胜仗的红蚂蚁指挥官的粗暴声打断。这位将军命令道：

"你们把所有的战俘给我押到穴外去就地处决，免得我们还要费力地往外搬运他们的尸体。"

听到这些话，吉吉诺吓得浑身直起鸡皮疙瘩。要是他还有一张人皮的话，他的脸会变得煞白煞白的。

吉吉诺被押到蚂蚁穴外，这样，他终于看清了这位敌人指挥官的真实面目。

指挥官体形匀称，表情凶残。要是一只老实巴交的蚂蚁夜间遇见他，第一眼就会被吓死。

吉吉诺鼓起一点儿勇气，对红蚂蚁指挥官说：

"很遗憾，在蚂蚁社会中，还没有设立负责安全的卫士，不然，我可以向您打保票，您将第一个被选中！"

红蚂蚁指挥官不明白吉吉诺说的是什么意思，他回过头对贴身保镖说：

"你们就从那个年纪最大的蚂蚁开始吧！"

吉吉诺转过身，看了老教授一眼。老教授站在两个卫兵中间，仿佛思量着什么。

根据红蚂蚁指挥官的命令，老教授抬起头，带着严肃的表情说：

"蚂蚁们，在我临死前，我要以一只老蚂蚁的名义向全世界所有不同种族的蚂蚁发出呼吁：我想借此机会问一问诸位，造物主既然造就了我们，那么我们兄弟姐妹之间毫无意义的自相残杀还要持续多久？你们面临着与众多的敌人、其他目昆虫和鸟类进行斗争的艰巨任务，难道这还不够吗？你们代表着所有充满智慧和热爱劳动的昆虫的伟大力量。你们应该联合一切可以联合的力量。你们为什么要自我毁灭呢？蚂蚁们，联合起来吧！这是一只行将死亡的老蚂蚁的最后呼声。我已经活到了高龄，我将永远以兄弟姐妹这个亲切的名字来称呼你们。在与你们告别之际，我恳请你们学会大度宽容。祝你们和睦相处！"

吉吉诺被老教授这义正词严、真知灼见的讲话所打动。在他看来，红蚂蚁对这些浅显易懂、论证清楚的至理名言无动于衷是不可能的。想当初，老教授也曾用通情达理和见多识广的语言向吉吉诺倾吐过这些肺腑之言，可是，他听进去了吗？

我的孩子们，很不幸，世界上的事情总是这样：当有人对迫在眉睫的危险提出忠告后，它可能仅仅受到我们的欣赏，但不屑一顾，人们仍然会按照自己的想象和偏爱我行我素。当危险即将来临或者已经亲眼见到时，人们才开始想起忠告者是有道理的。

所以，打了胜仗的红蚂蚁听不进老教授的话也是可想而知的。

红蚂蚁将军向一个卫兵做了个示意动作，咔嚓一声，老教授的脑袋被齐根咬了下来。

所有被俘的蚂蚁都是以这种方式被一一处死的。

对吉吉诺来说,最可怕的时刻是他认出了自己的保姆。

"福斯卡!"吉吉诺哭哭啼啼地喊道。

"有什么办法呢,忍着吧!"善良的保姆说,"我非常遗憾的是,我们的后代将变成他们的奴隶。"

吉吉诺听完这些话,都快支撑不住了。

他大声说:

"住手!别杀害善良的福斯卡!我对事情负全部责任,我是罪魁祸首。我向你们起誓,她不想让这场战争继续打下去。我是坏蛋,我固执己见,没有听她的忠告……"

说到这里,他再也说不下去了。

几只红蚂蚁上前拦住激动的吉吉诺,正在这时,可怜的福斯卡的脑袋已经落地。

吉吉诺痛苦和悔恨得快要发疯了,他大喊一声:

"快杀死我!"

"等一等!"一个声音说。

大家回头望着说话的蚂蚁。

这是一只刚刚到达的红蚂蚁,他全身布满灰尘,还缺了一条腿。

20. 战时法庭

缺腿蚂蚁掸了掸身上的灰尘,来到了审判大厅里。他说:

"我想说句话,在这位大麻籽将军离开这个世界前,应对他进行审判。"

被俘以后,吉吉诺从来都没有对红蚂蚁抱有幻想,尽管刹那会有那种"自己处境可能变得好一些"的想法。

"您肯定还记得我。"缺腿蚂蚁对红蚂蚁指挥官说,"我就是那个被您派去分散敌人注意力并掩护我们部队行动的战士。"

"好样的!"红蚂蚁指挥官说,"还有别的什么好消息吗?怎么没有见到别的伙伴?"

"哟嗬!……"缺腿红蚂蚁苦笑着说,"这个时候,他们可能已被消化掉了!"

"消化掉了?怎么回事?快说!"

"请您问问这位大麻籽将军吧!他应该知道怎样回答您。"

吉吉诺认为,此时此刻沉默是最明智的。

"将军您应该知道,"缺腿蚂蚁以轻蔑的口气继续说,"这个家伙确实联合了十二个'炮手'在路口等着攻打我们。

我们刚刚进入射程之内,他们便向我们开火,结果,我们的整个队伍都被熏倒了。我死里逃生算是个奇迹。这些欺软怕硬的家伙吃掉了我们很多兄弟姐妹,他们吞食了我的一条腿后,也许把我给忘掉了。"

听到这些话,战时审判大厅顿时发出愤怒的吼声。

"怎么,这是你干的?"红蚂蚁指挥官转身对吉吉诺说,"你把我们比作野蛮的蚂蚁和掠夺者,而你呢?你不是以光明磊落的态度跟我们打仗,而是在甲虫的帮助下,违背战争开诚布公和真实可信的原则,施展最卑鄙和最不光彩的阴谋诡计。"

吉吉诺本想这样回敬红蚂蚁指挥官:

"人类打仗时,不同阶层和不同种族之间也是可以结盟的!"

可是,他很快明白,引用人类的做法讲给蚂蚁听,等于对牛弹琴。

"尽管我们是一个靠掠夺为生的民族,"红蚂蚁指挥官大声说,"然而,我们从没有采取过这种卑鄙的手段!"

缺腿蚂蚁接上话茬儿说:

"说他们玩弄花招儿还不够!诸位还应该知道,我侥幸逃脱他们的屠杀后,又遇到了这个杀人魔王和他的部队。我躲在一块石头后面,听到这个家伙宣布自己是所有蚂蚁的首领,自称小白旗一世皇帝什么的!"

"好一个小白旗一世!"红蚂蚁指挥官冷笑说,"你还想扰乱我们的社会秩序。在这个社会里,所有成员都享有同样的权利，尽同样的义务！"

红蚂蚁将吉吉诺团团围住，他们对吉吉诺的欲望感到不可理解。吉吉诺终于完全明白了这个道理：在蚂蚁生活中，遵循跟人类社会相同的准则是行不通的。

不过，如今生死对吉吉诺来说，已经变得毫无意义了。

目睹了由于个人野心而造成的灾难，听了老教授死前说的那些话，看到福斯卡惨遭杀害的场面，吉吉诺意识到留在这个世界上已完全没有必要了。

吉吉诺想很快被处死，可是他的愿望因为红蚂蚁指挥官的一席话没有实现。这位红蚂蚁指挥官说：

"哼，他是一系列罪行的罪魁祸首，他对战俘的严刑拷打是不可饶恕的。快，你们逮住他，先把他所有的腿一条一条地扯下来，然后咬断他的触角，最后咬掉他的脑袋，好让他亲眼看到自己是怎样不得好死的！"

吉吉诺想到将受到这种折磨，吓得简直要晕过去了。

他用两条后腿站着，大声喊道：

"是的，我是罪魁祸首，可我已经承认了过错，你们可以处死我，但不能这样残酷地折磨我！"

他的回答惹得哄堂大笑。他被按到地上，两个红蚂蚁卫兵抓住他的两条后腿使劲往下拉扯。

可两条后腿坚硬无比，怎么也扯不下来。

于是，两个卫兵又抓住他中间的两条腿，这两条腿毫不费劲就扯下来了。吉吉诺也跟着号叫起来：

"杀人犯……强盗……流氓……"

咄咄怪事！当扯吉吉诺中间的两条腿时，他没有感到任何疼痛。肢体的残缺反而使他浑身是劲，精力充沛了。

两个卫士又抓住吉吉诺的两条前腿，可是，前腿同样坚硬无比，也扯不下来。看到刽子手一个个都是废物，红蚂蚁指挥官勃然大怒，吼叫着说：

"你们个个怎么都是无能之辈，现在，让我来收拾他……要是我的双颚没有干净利索地咬掉他的脑袋，我就不配做将军！"

红蚂蚁指挥官不顾一切地冲向吉吉诺。

他仅仅跑了几步，就惨叫一声：

"哎哟！我完蛋了！"

听到惨叫声，吉吉诺马上想到，红蚂蚁将军遇到了意外的打击，他要感谢上帝这样安排，可他又发现，这场可怕的

悲剧又多了一个新的主角。他带着伤感的表情,嘟嘟囔囔地说着:

"唉,如果我没弄错的话,这就叫逃出龙潭,又入虎穴!"

21. 戴着黄手套的杀手

这位新来的不速之客是一只母黄蜂。她的前腿细长,后腿更细。她的武器是长在脚掌中间部位胫节上面的螯针和看上去简直像锯一样的牙齿。

这位好样的主角是突然降临到法庭上的。她安然自若地用自己那可怕的螯针刺着所有的红蚂蚁,也包括法官和被告。

法庭立刻陷入一片混乱,只有几只红蚂蚁狼狈不堪地逃回蚁穴,好不容易捡回一条命。

黄蜂看到吉吉诺,朝他猛扑过来,在他的身上乱刺。

"又要大祸临头了!"不幸的小白旗一世皇帝忧郁地说。

不过,听到了黄蜂的抱怨声,吉吉诺又振作起精神。黄蜂问:

"哎哟,哎哟,你怎么这样坚硬呢?"

吉吉诺想起是身上的胸甲使他得救的,于是,他长长地舒了一口气,用很小的声音说:

"多亏了大麻籽壳!"

黄蜂站在吉吉诺跟前,用怀疑的目光惊讶地望着他。黄蜂反复检查着螯针,看看是不是损坏了。

当她深信自己的武器完好无损后,便问吉吉诺:

"对不起，你怎么这么坚硬，告诉我好吗？"

"天晓得！"吉吉诺完全恢复了勇气，自信地说："我一直是这个样子，我上学时就这么硬！喂，请问你是谁？"

"我是一只黄蜂杀手。"

"那我得对你敬而远之了！"

"说真格的，我叫黄蜂，一般都叫我们刽子手，也许是因为我们生活在山洞里、陈旧的柱梁里、阴暗的房子里，或者是墙壁的裂缝里，也许是因为我们无情地去追捕蜘蛛、苍蝇、蝴蝶、蛴螬和蚂蚁……可他们都没有你这样坚硬。"

"你听我把话说明白。"吉吉诺气愤地说，"你刺杀蜘蛛、苍蝇和毛毛虫是可以容忍的。可说句实话，一只善良的黄蜂拿蚂蚁开刀就是流氓行为了。难道你不知道我们差不多是亲戚吗？"

这时候，吉吉诺想起可怜的福斯卡生前曾对他说过的话，即所有的黄蜂、蜜蜂和胡蜂与蚂蚁都属于同一个目，也就是说，都属于伟大光荣的膜翅目家族，力气大，又聪明。

双方的谈话到此告一段落，他们相互对视着，表露出不信任的神情，摆出一副恐吓的姿势。过了一会儿，双方开始变得理智客气了一些。

吉吉诺细细地打量着这位可怕的入侵者，渐渐地激起了对这只黄蜂由衷的钦佩。沉思片刻后，吉吉诺自言自语道：

"她是个杀手，可举止雅致大方，是个戴黄手套的杀手！"

黄蜂身披光彩夺目的漂亮外衣，身子细长，举止优美，充满活力。其实,这只黄蜂比吉吉诺在孩子时看到的所有黄蜂都好看得多,因为当时他没有特别注意去观察这种昆虫。

多美的蜂腰哟!我们可怜的、已被剥夺皇位的吉吉诺想,直到现在我才明白为什么大家都说我妈妈有一个蜂腰身材了!

想起了妈妈,一股暖流涌上心头,吉吉诺抽抽搭搭地哭起来。他内心深处,涌起了想见妈妈的强烈愿望,同时涌起了对这种漂亮小动物的热爱。是这种小动物启迪了他的思亲之情。

黄蜂仿佛变得温和起来,打破了沉默说:

"好啦,好啦!我们不是亲戚吗?那好,伸出你的脚掌。我们握手言欢吧!"

吉吉诺还有些拿不定主意,黄蜂马上热情地说:

"得了!得了!你难道还因我捕杀过蚂蚁生我的气吗?

要是我没有记错的话,我飞到你们这里的时候,你们兄弟姐妹之间正自相残杀呢。我看,你们骨肉间的残杀比远亲间的残杀更无耻。"

黄蜂讲的道理无懈可击,于是吉吉诺说:

"是啊,你讲得有道理。还有要是没有你的到来,他们肯定会把我的脑袋咬下来的。我承认,我做过错事……不过,请你听我说,你不应该忘记,在膜翅目昆虫中,我们蚂蚁是最强大、最聪明、最……的家族……"

吉吉诺还没有来得及找出第三个词来形容他的家族,黄蜂突然离开吉吉诺,出其不意地扑到一条粗壮的毛毛虫身上,这时这条倒霉的毛毛虫正从她眼前爬过。

只是一眨眼的工夫黄蜂抽出自己的螫针,朝毛毛虫狠刺下去,可怜的毛毛虫转眼工夫就停止了蠕动。

"你杀死了他?"吉吉诺跑上来迫不及待地问。

黄蜂摇摇头,用一种神秘的口气小声说:

"这有什么大惊小怪的!"

黄蜂嗡嗡地叫着,轻快地飞着,最后降落到毛毛虫的背上,用尾铗抓起比她身体重十倍的猎物,开始向一条小沙沟拖运。在这条小沙沟的斜坡上,吉吉诺看到一个圆形小洞,小洞就如同一个防御工事,洞口用小石子、小树枝和泥团掩盖着。

看到黄蜂这样的昆虫体态如此轻盈,力气如此之大,行动如此敏捷,意志如此顽强,吉吉诺被深深地感染了。他一步一步跟着黄蜂往前走,一直来到沙沟旁。但见黄蜂突然滚进陡峭的沟里,可她一直骑在猎物的背上!

到了沟底,黄蜂放下毛毛虫,掸掸翅膀上的灰尘,转身望着到达沟沿的吉吉诺。吉吉诺本来还以为黄蜂被重重地压在猎物的下面呢!

"你没被压扁吧?"吉吉诺问。

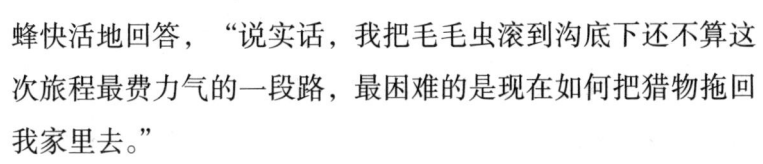

"压扁?没那事!"黄蜂快活地回答,"说实话,我把毛毛虫滚到沟底下还不算这次旅程最费力气的一段路,最困难的是现在如何把猎物拖回我家里去。"

黄蜂说罢,指了指沙沟对面斜坡上的洞穴。

吉吉诺下到沟里,并没有掩饰自己要帮忙的意思,于是直截了当地对黄蜂说:

"我来帮你一把吧。"

黄蜂做了个高贵的动作说:

"哟嗬!我们已习惯干累活儿。膜翅目昆虫中最强大、最聪明的家族为我们操心受累,我看没有这个必要……"

听了这话,吉吉诺的傲气一扫而光。

"这么办好不好?"黄蜂指着小洞说,"我先回家看一眼,你帮我在这里关照一下这位毛毛虫先生。谢谢你啦!"

"啊,你是怕他跑掉?"

"不是这个意思。你必须看好他,千万不能让别的什么昆虫接近他,我托付给你,你能办到吗?"

露着衬衫角的小蚂蚁

"瞧你说的!"

快活的黄蜂嗡嗡地叫着飞进洞内。吉吉诺留在沟里看管毛毛虫。

黄蜂刚刚飞进洞里,一只小个子灰苍蝇来了,她停在可怜的、光溜溜的鳞翅目昆虫①毛毛虫的身上,贪婪地盯着猎物,她到底要干什么,吉吉诺实在摸不着头脑。

吉吉诺对苍蝇叫道:

"快走,快走,这不是你的东西!"

苍蝇冷笑着飞起来,连讽刺带挖苦地嘟囔道:

"即便不是我的,那也是我孩子的。"

黄蜂回来了,吉吉诺用眼估量了一下毛毛虫的身长说:

"完好无损,一根毫毛也不少。亲爱的,请你告诉我,你要吃掉整条毛毛虫吗?"

"吃他?你在说些什么呀!"

"那你为什么要杀死他呢?"

"我没有杀死他。只是将他麻醉了。你应该知道,我要是把他杀死了,他的尸体会在我家里停很长时间,这样尸体就会腐烂,是很不卫生的。"

"你把他存在家里吗?你想用这个玩意儿干什么?"

"嘿哟哟!这个东西是为我孩子准备的。"

"喔唷!"吉吉诺惊讶地喊起来,"那只灰苍蝇跟你说的一模一样。"

---

① 鳞翅目昆虫,昆虫纲里的第三大目,蝴蝶、蛾以及某些昆虫的幼虫,如毛毛虫和金龟子的幼虫蛴螬都属于这个目。

黄蜂听后，猛然倒退一步，大声叫道：

"灰苍蝇说了些什么？啊，这个无赖！……这么说，那只灰苍蝇在我的毛毛虫身上停过，对吗？你快回答我呀！"

"当然啦！"吉吉诺结结巴巴地说，他不明白黄蜂为什么被这件事弄得焦躁不安，而这件事在他看来无关紧要，"她刚在毛毛虫身上停了一会儿，我马上就把她赶走了。"

"呸，窃贼！居然搞到我的头上来了！"看着毛毛虫，黄蜂不断地吼叫着，"唉，这就是……就是她留下的痕迹！我是拼着命把毛毛虫拖回来的。我为这个有一副丑恶嘴脸的流浪汉白白忙活了老半天。呸，这个可耻的寄生虫！也许她还希望我把毛毛虫拖回家放在安全可靠的地方好好保存呢……唉，这个家伙的所作所为都是给自己涂脂抹粉，歌功颂德，好在孩子的心目中树立起一个光辉形象！……呸，不要脸的东西！……"

满腔怒火的黄蜂不停地大骂灰苍蝇，吉吉诺吓得不敢打断她的话，只是使劲按着他的大麻籽壳，低声说：

"要是她为这件事生我的气，不管我藏到什么地方，命都保不住！但愿上帝保佑吧！"

22. 告别

黄蜂慢慢地平静下来,不过,她还是不停地叫嚷:"真是白辛苦一场!白干了老半天!还得从头儿干起!"

"对不起……"吉吉诺抑制不住好奇心,也不再害怕,禁不住问道:"就像井水不犯河水似的,你的孩子为什么不能跟灰苍蝇的孩子平静地同睡在毛毛虫的身上?请你给我解释一下好吗?"

"好的,我捉这条毛毛虫是为我的孩子,而不是为灰苍蝇的儿女!"

"那么,你为什么不再把毛毛虫拖回家去?"

"因为灰苍蝇已经为她的孩子夺走了毛毛虫。"

"听了你的话我更糊涂了,请你别着急,还得耐心地给我解释一下,要是毛毛虫没有被苍蝇染指过,你怎么办?你还要他吗?"

"哟嗬!你不知道……好吧,你听我说,看我生这只臭苍蝇的气是不是有道理。我们黄蜂捕到某些昆虫后,先把他们麻醉,然后把他们拖回家。拖回家的唯一目的是把我们的卵产在他们身上。过一段时间,这些卵孵化出幼虫,幼虫就是我们的孩子,懂吗?这毛毛虫理所当然地成了幼虫的食物。幼虫在母亲为他们预先准备好的昆虫体内吸收营养，直到吐丝作茧变成蜂蛹，最后发育成跟我们一样的成虫。一些黄蜂把蜘蛛作为寄主，另外一些把蟋蟀作为寄主，而我却愿把卵产在毛毛虫身上，因为毛毛虫肉多丰满。好啦，别说了，世界上就有像灰苍蝇这样的懒昆虫。她们也需要用这种方式保证她们孩子的生命安全。但她们既没有力量又没有勇气像我们这样去捕捉毛毛虫和蜘蛛。于是，这些投机取巧的家伙就在我们的家周围转来转去，窥伺我们的行动。当她们看到我们为自己的孩子将贮存食品拖回家里后，就神不知鬼不觉地在上面产卵。你看到了吗？要是你不事先告诉我，我就会在这条毛毛虫身上产卵，并且深信我的孩子能在上面生存下来。但是结果会发生什么呢？灰苍蝇产下的卵将比我的卵早点儿开始孵化，她的幼虫就会吃光整个毛毛虫，而我的幼虫肯定会饿死的。啊，请你告诉我，这些寄生昆虫不劳而获，却让她们的孩子坐享我们自食其力地为我们的孩子换来的劳动果实，难道这不是卑鄙无耻的行为吗？现在，我必须重新捕捉一条毛毛虫，把他拖到这里。真是的，怎么办呢？孩子是父母的心头肉，为了孩子，需要勇气！"

讲到这里，黄蜂的气全消了。

"再见！"黄蜂的话说得铿锵有力，"现在，我要把失去的时间夺回来，除了劳动，没有别的什么办法能弥补损失，干活儿去了！再见！"

黄蜂恢复了活泼开朗的性情，嗡嗡地叫着，快活地飞走了。吉吉诺在她的后面大声喊道："再见，亲爱的黄蜂！"

实际上，吉吉诺现在真的对黄蜂有了一定的好感。她是一个杀手，这没错儿，她捕杀猎物的方法既简单又凶残。但是，她又不是杀手，也不凶狠，她是为了自己的孩子才不得不那样做的，正像灰苍蝇为了自己的孩子要当小偷那样。黄蜂勇敢坚强，为了自己的孩子去捕杀别的昆虫；灰苍蝇软弱无能，为了同样的目的，去偷窃别的强盗掠夺来的果实。

吉吉诺开始明白了这一点：所有昆虫的伟大而崇高的目的永远是为了孩子们。为了保证每个卵都成为受精卵，使软弱无力、毫无防卫能力的幼虫得到充足的食物，免得他们上圈套、中埋伏，羽化出一个完美无缺、漂漂亮亮、活泼可爱的孩子，他们再繁殖后代，一代又一代传接下去……为了新一代，老一代对新一代悉心照料，充满了爱意，付出了辛劳，不断地创造奇迹……为了实现这一切，他们不惜使用暗杀手段，设下种种骗局。

吉吉诺还想起了自己从茧里出来，摆脱桎梏后受到的抚爱。他爱戴的保姆——可怜的福斯卡收留接纳了他，使他开始了新的生活，而福斯卡却为他献出了生命。

吉吉诺不知不觉地陷入了痛苦的回忆中；他爬上沙沟的斜坡，朝蚁穴走去。这蚁穴既是他甜蜜温馨的家，又是给他带来太多灾难的是非之地。

突然吉吉诺看见两只蚂蚁在费力地拖运两粒南瓜子，他放心了。

"老朋友，"吉吉诺激动地叫道，"你们不认识我啦？"

他们是吉吉诺以前的同伴。

"啊，你瞧瞧！"两只蚂蚁停下来，心平气和地问，"你在干什么？"

"唉，我在过流亡生活。其他的伙伴在干什么？你们要把这些南瓜籽拖到哪儿去？"

"我们要把它们拖到下面的家里去，那里住着我们的主人。"

"怎么？那里还有你们的主人？还说是你们自己的家？"

"当然啦！我们命中注定就是为主人效劳的。我们要伺候主人而辛勤劳动，就是要有一个属于自己的家。天色已晚，我们该回去了。再见！"

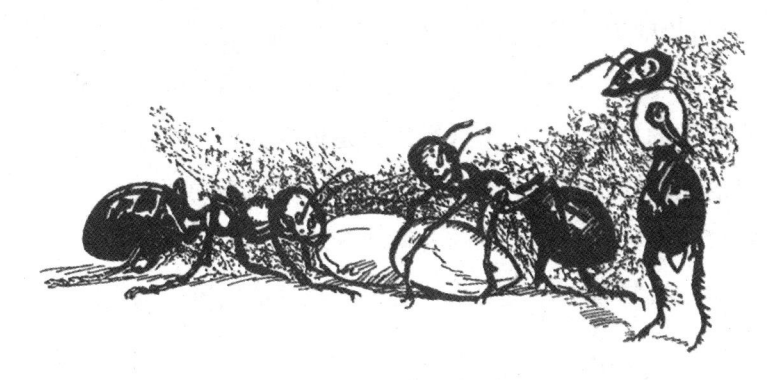

听到两只蚂蚁说出心甘情愿地受主人奴役的话，吉吉诺非常反感和气愤，他以蔑视的口吻在他们背后甩下一句话：

"奴才……"

吉吉诺继续向前走。要知道，他的兄弟姐妹之所以沦为奴隶，唯一原因是他膨胀的个人野心，而这一点，他并没好好想过。不过，也应该在这里为吉吉诺说句公道话，还他一个清白，因为当时他正被一种高尚的思想支配着。

他东张西望，似乎在找什么东西。突然，他在离蚁穴不远的地方停下来，因为他听到一种古怪的声响，好像是谁在咯吱咯吱地咀嚼着骨头。

他朝发出声音的地方走去。他一看，禁不住发出愤怒的吼叫。

原来，他眼前横七竖八地躺着兄弟姐妹的残缺肢体——一堆堆失去手足和脑袋的尸体。想不到，在这些可怜的受害者中间，三只蚂蚁如同三个参加盛宴的饕餮之徒，正在津津有味地啃着他们兄弟姐妹们的残体。

"喂，你们这些不要脸的东西！"吉吉诺大喝一声，"难道蚂蚁中也有像你们这样卑鄙的豺狼、鬣狗？"

实际上，在我们蚂蚁中，确实有一些败类亵渎神明，专吃同类的尸体。是的，这类蚂蚁是极少数的，可他们犯下的是滔天大罪，玷污了蚂蚁在昆虫世界里赢得的好名声。我们蚂蚁这个民族拥有善良的美德和优秀的品质。这类可恶之徒的罪过给同类中善良的伙伴造成了直接的伤害，他们的邪恶

和不良败坏了蚂蚁族纯洁无瑕的声誉,也在故乡制造了许多灾难,给乡亲们抹黑添乱。

吉吉诺干得非常出色。他猛地扑向三个凶残的饕餮之徒,趁着他们还没有反应过来,就杀死了他们。

吉吉诺望着眼前昔日伙伴的残缺肢体发愣,心里极其悲痛。他来到那些尸体中间,伤心痛苦地喃喃自语道:

"饶恕我吧!饶恕我吧!"

接着,他把一具具尸体拖到远处墓地,整齐地将它们安放好,然后又为老教授和福斯卡找了个特殊的地方。他怀着怜悯之心,小心翼翼地把他们的脑袋和身子合在一起。

离开墓地前,吉吉诺多么想最后拥抱一次自己爱戴的保姆啊,他哭着说:

"啊,我亲爱的福斯卡……要是在我们中也用墓碑的话,我想为你立一块大家都能看得见的、漂亮而高大的墓碑。我要用金色的大字刻上这样的碑文:献给我最善良的蚂蚁妈妈!"

23. 一位从橡树球里钻出来的特殊秘书

现在去干什么呢?

这是一个即将重新踏上征程的吉吉诺还不知道怎么回答的问题。

孤苦伶仃,到处流浪,没有家,没有朋友,这就是吉吉诺这只可怜的小昆虫目前的悲惨处境,而在不久前,他还是被大家选举出来的蚂蚁帝国的首任皇帝呢。

然而,吉吉诺想,连拿破仑一世也曾被放逐到圣赫勒拿岛①哪!

看来,吉吉诺用拿破仑跟自己做历史性的对比,只不过是牵强附会的自我安慰。当路过沙沟时,吉吉诺极为忧愁地望了一下已经筑起屏障的黄蜂朋友的家,深有感触地说:

"唉,谁都有个家……可我连个过夜的洞都没有!"

这个时候,他的脑子突然闪出一个念头,使他充满了希望和喜悦。

"其实,我已经有家了……家里有妈妈和托马索舅舅!……

---

①圣赫勒拿岛,位于南大西洋,1815—1821年拿破仑一世被放逐至此并死于此。

唉，要是我能重新回到家该多好呀！"

是的，吉吉诺的这个想法是好的，可如何将希望变成现实，一大堆难题摆在眼前，他痛心地想：

这只是一个疯子的痴心妄想！……我该怎么办？我是这样渺小，不过是只可怜的蚂蚁而已，对我来说，每根草就是一棵大树，每片灌木丛就是一片森林，每块小石子就是一堵峭壁，每一小块泥巴就是一座山。我想去的地方，辨不清方向，到哪儿去，又不知道路该怎么走。

吉吉诺灰心丧气，漫无目的地独自游荡着，最后来到一棵巨大的橡树下。

爬到树顶上怎么样？吉吉诺想，说不定在上面能看到我家呢！

在这种思想的鼓舞下，吉吉诺开始拼命往上爬。要知道，他很长时间没吃东西了，身体非常虚弱。

他爬了几下就停下来，向四周张望，什么也没看见，又开始向上爬，一直爬到几片最高的叶子上，又望望周围，眼前依然是一个模糊不清的世界，这时他才明白，蚂蚁的眼睛是看不远的。

他伤心得要命。突然间，一种极为奇特的声响引起了他的注意。这声响离他很近，就是从他待的树叶上发出来的。

他细心地观察了老半天，看到身旁有一个虫瘿，也就是酷似淡红色小球一样的东西，隐藏在橡树叶子里面。他小时候经常在野外玩这种小球。

吉吉诺爬到虫瘿上面，这才惊奇地发现，正是它里面发出声音的。那声音就好像一个个小小的螺丝钻,正在钻硬木,像钻极硬的杨木时发出的那种声响。

吉吉诺在圆形的小球体上转来转去,前后左右细细地观察,在树皮和叶子上什么也没有看见,什么也没有找到,但他想一定有什么秘密隐藏在小球里面。过了一会儿,他身后突然传来一个很细很细的有气无力的声音:"我终于露面了!"

吉吉诺猛然回过头来,只见从虫瘿开着的一个小孔里探出一个小脑袋,好奇而兴冲冲地东张西望着。

"世界多美啊!"细小的声音兴奋得有点儿颤抖。

"欢迎!欢迎!"吉吉诺激动地说,"出来吧,全都出来吧!"

接着,从球体小孔里伸出两只爪子,紧紧抓着孔边,猛地向前一跃,小小的主人公就出了孔。小昆虫仅有两毫米长,是黑色的,头上竖着两个触角,一对脚透明而纤细。

"咦,"吉吉诺说,"一只小苍蝇!"

"对不起,"小昆虫回答,"我不是苍蝇,我是一只瘿蜂。"

"瘿蜂?"

"对,我是一只膜翅目昆虫。"

"那么,亲爱的瘿蜂,这么说,你也是我的远亲啰!那你是怎么钻进这个小球里去的,作为远亲,你给我说说!"

"钻进去的?我从没有钻进去过。一句话,我是钻出来的……"

吉吉诺惊讶地望着他说：

"这倒是件新鲜事！喂，不钻进去又怎么能钻出来呢？"

"我们瘿蜂通常就是这样生活的。我可以简单明了、毫不隐瞒地告诉你是怎么回事。我的妈妈先把卵产到树叶上，然后用产卵器在叶子上戳来戳去，这样被刺的树叶就留下'伤口'。可是这'伤口'能重新愈合，接着，在树叶上就变成了一个木瘤，也就是鼓成了一个小球。小球吮吸着树液，变得越来越大，球里面的卵逐步孵化成幼虫。幼虫从树液那里得到营养，并把球当成自己的家。我们蛰伏在里面一年左右，如同进了保险箱，安全可靠，直到变成蛹，再羽化为成虫……这个时候，我们便从球里面开始向外挖孔，打开一条通道，就像我刚才做的那样，从球孔里钻出来。可我得告诉你，在里面要用嘴啃。"

"这么说，这个小球是非常硬的，对吗？"

"你进去看看，一看就完全明白了！"

吉吉诺二话没说，马上就钻进瘿蜂刚才啃开的球孔里。

只有这个时候，吉吉诺对他的新朋友付出的艰辛劳动才有一个确切的概念。

待在木头瘿瘤里（也就是木头球里），就如同待在一间小卧室里一样。小卧室是由一种非常结实的材料筑成的，这种材料比球外的更硬，可以说，硬如石头，硬如樱核。

"你能打通这样硬的墙壁真是了不起。"吉吉诺惊讶地说，"恭喜你啦！"

"谢谢……你知道，我现在是多么高兴哟！关在里面绝不是娱乐消遣，懂吗？不过，谁都知道，总有一天我们会从球里面出来的，进而长出翅膀，在空中自由飞翔……嘿哟，这是对我长期监禁生活的最大奖赏，是求之不得的啊！"

"你真有福气！"吉吉诺沮丧地说，"要是我也有翅膀该多好呀！"

他突然萌生了一个念头，这使他在忧郁中有了一线希望，于是急切地走近年轻的瘿蜂说：

"我的朋友，你听我说句心里话。我现在求你一件事……请你……你还刚出生呢！……好吧，你就以一个善举为起点，开始新生活吧……我向你保证，我永远都不会忘记你的……你同意不同意？"

"你叽里咕噜说了老半天，对不起，我一点儿都没明白！你到底想说什么呀？"

"好的，我就打开天窗说亮话吧。我想找一座有人居住的房子，这座房子的前院墙上攀附着葡萄藤蔓。你只要飞上一圈，就可能看见它。"

"哎哟，我刚来到这个世界上，怎么能像你说的那样，认出有人居住的房子呢？"

瘿蜂说得倒也对。于是，吉吉诺向这只年轻的昆虫绘声绘色地介绍了他家那座乡间别墅的大概情况。当他觉得瘿蜂终于明白了到底是怎么回事的时候，就说：

"你有翅膀，可以到处飞翔，无论你看到没看到我请求你找的房子，你都要来告诉我一声，同意吗？"

"完全同意。再说，我是多么渴望用自己的翅膀……飞……飞到东飞到西啊！"

瘿蜂展翅离开橡树，嗡嗡叫着飞走了。小白旗皇帝在他后面喊道：

"要是你成功地找到那座房子，我就让你当我的特别秘书！"

24. 走在"妈妈的路"上

吉吉诺在树叶上等了多长时间呢?

他很尴尬,自己也回答不出来,因为他没有一块现成的表来计算时间。在他看来,好似等了一个世纪。当看到瘿蜂终于飞回来时,他急切地问:

"小家伙,怎么样?"

"还好。"瘿蜂停在一个瘿瘤上,"我想,我发现了几座房子跟你描述的有几分相似。"

"真的吗?离这里远吗?在这边还是在那边?"

"哎哟,我的妈呀!现在需要冷静,你别着急好不好……你看,我见到的那座房子就在我们这片叶子所指的方向。"

"嚙,是吗?是那个方向。啊,这真是太好啦!"

"绝对正确。"

吉吉诺仔细地望了望那个方向,情不自禁地大声说:

"我的瘿蜂哟,我是多么的感激你呀!现在我真的要走了……可我们还会见面的,知道吗?"

吉吉诺拥抱了瘿蜂,告别朋友后他慢慢地顺着来时的路往下走。

"慢慢走?"我的小读者可能会马上问,"为什么?既然吉吉诺非常渴望回家,为什么还要慢慢走?"

情况真的是这样。我来回答你们。他慢慢地走正是为了快快地走。正如你们看到的，不少孩子是怀着良好的愿望去做事的。举个例子，有人刚刚叫某个孩子到某个地方去为自己帮个忙。这个孩子边跑边大声说："我马上就去。"只是走到半路就得从原路回来，因为当时他脑子一热，拔腿就跑，忘记问一问该往哪儿走了！

你们应该深信"欲速则不达"这个道理。

吉吉诺小时候做什么事总是忙手忙脚的不用脑子。如今他成了蚂蚁，学会了谨慎，这样会把事情做得更好。于是，他从那棵高大的橡树上下来时，便放慢脚步，还时常转过身子，仔细观察自己走的每一步，估摸着已走了多少路。这些，只有像蚂蚁这种具有敏锐观察力的小小动物才能精确地计算出来。回到地上，吉吉诺还要时不时地抬头朝刚才待的树叶观望，好按照瘿蜂指引的方向走，免得走冤枉路。昆虫对识别方向有着惊人的感应能力，他们能记起最小的标志，甚至辨认难以识别的标记。尽管昆虫有这么多的神奇功能，回到地上的吉吉诺还是不免有些抱怨，因为从树上到树下花去了他太多的时间。他禁不住叹息道：

"真遗憾，昆虫们居然没有插上路牌！"

上路后，吉吉诺闪出一个模糊的，然而是让昆虫世界变得文明的念头。美好而富有建设性的想法往往会给旅程增添趣味。他想：这条路叫"妈妈的路"好啦！

已到了日落的时候。走在路上，吉吉诺看到四周的各类昆虫都在忙不迭地往家赶。

我也正在赶往回家的路上。吉吉诺想。

这个包含了太多回忆和希望的想法使他重新恢复了精力。他感到旅途并不那么危险,回家并不那么渺茫,身体并不那么疲劳,反而激起了食欲!

他的思路冷不防被附近一种格斗声打断。从听到的沉闷呻吟声和威胁性的叫喊声判断,这是一场可怕的生死搏斗。

吉吉诺回头看去,原来是一只马蜂(如今的吉吉诺已经有点儿昆虫方面的知识了),正在猛刺被压在她身下的一只可怜的蟋蟀,而蟋蟀拼命挣扎,发出了呻吟声。

正当马蜂准备用锋利的螫针刺蟋蟀的胸部时,突然停止了,因为她听到一声大喊:

"住手!"

这是吉吉诺的声音。这一叫声对蟋蟀来说是至关重要的,因为马蜂听到喊声,放慢了进针的速度。蟋蟀趁机金蝉脱壳,三步并作两步溜进了洞穴。

马蜂顿时勃然大怒,朝吉吉诺猛扑过来。不过,准确地说,跟不久前发生的黄蜂刺吉吉诺的情形一样,马蜂的螫针也刺在了吉吉诺的大麻籽壳上。吉吉诺笑着说:

"亲爱的杀手马蜂夫人,这次你输得好惨呀!"

"你为什么管我的事?"马蜂问,"我家里已经有三只蟋蟀,还缺少一只。我就想抓这一只,你却把他放掉了。"

"哟,三只还不够吗?"

"绝对不够,我产卵需要四只,不然,我的幼虫就没有足够的食物吃。现在,由于你的缘故,我还得去狩猎。"

"随你怎么说！那只可怜的蟋蟀让我产生了怜悯心。不过，你不费吹灰之力就能再捉到几只。再见，亲爱的，请多多原谅吧！"

吉吉诺继续赶路。刚才发生的那惊险的一幕并没有使他偏离回家的方向。他自言自语地说：

"要不是我，蟋蟀早就成了马蜂的盘中餐！应该承认，这些马蜂杀手有着惊人的力气。真是人不可貌相，海水不可斗量啊！是的，谁会相信我那很小很小的瘦蜂朋友居然能把那样坚硬的小球啃出个孔来呢？"

吉吉诺毫不疲倦地走呀走呀，他的愿望就是，哪怕走一半路也好，"妈妈的路"还很长很长。

旅途中，吉吉诺又遇到一只昆虫。这只昆虫跟他一样也在赶路，不过，她赶路的样子从容不迫，而且速度特快。这是一只举止优雅的昆虫。她的身子细长细长的，颜色是灰褐色的，胸部和头上点缀着若隐若现的黄色斑点，两对翅膀轻盈而挺立。她从一棵树上飞到另一棵树上，好像在寻找始终没有找到的东西。

"哎哟，我亲爱的蜻蜓，"吉吉诺抬头说，"此时此刻，我多么希望也有一对像你那样的翅膀呀！"

这只昆虫展开翅膀，用圆鼓鼓的眼睛望了望吉吉诺，咯咯一笑说：

"我可不是蜻蜓！"

"那你是谁呢？"吉吉诺停下来问。

"我？我是你的远亲。"

"太好啦！这样，我们可以像老朋友似的相处了。"

"正是这样。"昆虫用一种有点儿讥讽的语调说。她飞到一棵草上，观察着周围，好像是在细心琢磨着自己所处的位置。

吉吉诺靠近她，准备问她几个问题。这时他看到这只昆虫用腿紧紧抓住草，弯曲着细长的身子，不停地拍打着翅膀，头和腹部都在猛烈地颤抖。

莫非她患了痉挛症？吉吉诺想，同时他不安地认为，昆虫那样抖动会弄伤身体的。

吉吉诺心想：要真是那样，这只昆虫可就倒霉了！况且，这条路上没有一家药店，连一点儿芳香醋也买不到！

25. 神秘的小船

经过一阵剧烈的颤动，带翅膀的昆虫好像终于回到了正常状态，她身子舒展了，只是在原地转来转去。可以看到草叶上留下了一小堆卵，那些卵仅有三毫米长，是黄色的，中间较粗的部分有点儿红。

"好啦！"看到自己的卵，神秘的昆虫心满意足地说，"我活不了多久了，可我的子孙后代却能有保证地延续下去，我将高兴地死去，我的孩子会活很长时间！"

吉吉诺惊奇得目瞪口呆，禁不住感叹道：

"你是一位多么善良的妈妈呀！"

"哎哟！"昆虫用一种嘲笑的口气说，"你才是最好的妈妈，而我却不是。"

"你到底在说什么，我真弄不明白。你说你不是蜻蜓？那么你是谁，能告诉我吗？"

"我是很爱蚂蚁的，可我不知道蚂蚁是不是像我爱他们那样爱我，你只要知道这一点就足够了！"

接着，她又像习惯的那样，用嘲笑的口吻说：

"你还是走自己的路吧，我要留在这里保护我的孩子。我希望他们在以后的生活中遇到许多像你这样的好蚂蚁。可以说，你是一只很优秀的蚂蚁。"

露着衬衫角的小蚂蚁

这只昆虫是带着几乎凶恶的表情说最后这几句话的。看起来,那几句恭维话有着古怪的含意,所以吉吉诺连一句感谢的话都没说,便继续赶路了。

吉吉诺默默无言地走着,心里老是揣摩着那几句话,试图搞清其中的含意。走了好长一段路,忽然他听到背后传来问话声:

"你真想知道我是谁吗?"

吉吉诺回头看去,发现那只被自己叫作蜻蜓的昆虫正待在一棵树的叶子上。

"现在离我的卵远了,你也根本找不到他们了。我可以告诉你,我是狮蚁①,怕得打哆嗦了吧!"

这次,吉吉诺真的笑了起来,狮蚁可怕的语气和她逢场作戏、装腔作势吓人的样子倒让我们的英雄开心起来。在跟狮蚁告别时,吉吉诺用往常那种尖刻的语气说:

"虎蚁先生,起初我没有把您认出来,请多多原谅。再见。豹蚁先生!亲爱的河马先生,请您当心您卵子里的小狮子,否则,有时您的爪子会把卵的壳儿抓破的!"

然而,在同狮蚁开了这么多玩笑后,吉吉诺不得不承认,"狮蚁"这个名字早给他留下了痛心的记忆。他模模糊糊地记得在蚁穴居住的那些日子里,他经常听到成年蚂蚁对年轻的蚂蚁说:"你们要当心狮蚁!"

在这以后,我们可怜的,正在流亡的小皇帝才在自己

---

①狮蚁,属脉翅目昆虫,体型酷似蜻蜓,以蚜虫、介壳虫、蚂蚁等为食。

冒险的经历中,从他古怪旅伴的神秘言谈中找到了正确的答案。

吉吉诺一直往前走,从没有偏离他家"乡间别墅"的方向。他走呀走,突然,眼前一个意想不到的障碍物挡住了他的去路,这使支撑着他进行漫长旅行的全部希望,顿时落空了。

他面前出现了一个湖泊。对于一只蚂蚁来说,这的确是一个大湖,而对于人类来说,这只是一小片一跃便可过去的水洼。

怎么办呢?怎样才能既不偏离方向又能到达对岸,继续沿着瘿蜂指引的路走下去呢?唯一的办法是直接过河,可用什么工具呢?要是到不了对岸,还有别的办法回家吗?

面对被落日余晖映照得血红的大湖,吉吉诺带着忧虑的神情东张西望。他想方设法,想寻找一个最佳的解决方案,可结果一事无成,陷入了绝望。

"不知道蚂蚁会不会游泳,不过,不会游泳有什么关系?为了回到妈妈身边,我宁愿冒淹死的危险。我好想妈妈啊!"

吉吉诺越过把他和湖泊隔开的一片草丛,毅然来到湖畔,准备跳进水里。这时,他又停了下来。

就在他眼前的湖面上漂浮着一只六只桨的小船。吉吉诺隐隐约约看到,小船上甚至有一个可以坐人的黄色甲板。

这条小船好像专门在那里等他一样,唯一的目的就是把他从狼狈不堪的境地解脱出来。

露着衬衫角的小蚂蚁

正如你们很容易理解的那样,吉吉诺做事总是一不做二不休,决定乘小船渡河,可因为小船离岸还有一定的距离,他必须马上找到一个能坐上船的聪明办法。这就是说,这个办法既没有淹死的危险,也不会愚蠢得把身子弄湿。

湖畔长着一棵植物,它的叶子薄薄的,枝茎软软的。吉吉诺爬到叶子上,准备大显身手。他最后来到叶尖上,猛摇叶子,当体重使叶茎弯得接近水面时,更确切地说,接近小船时,他的身体向下滑落了,最后纵身跳到了小船的黄色甲板上。

"现在可以用劲划桨了!"吉吉诺说着就去抓桨。

可是完全没有必要。

神秘的小船好像得到什么帮助,后面细长的双桨冷不防地张开了。在一种魔力的推动下,双桨使劲在水中一划,小船便像离弦之箭,嗖嗖地驶离了岸边。

26. 吉吉诺乘着小汽艇过湖，骑着马上岸

"这是一艘汽艇！"吉吉诺大叫一声。汽艇飞快地行驶着，吉吉诺感到自己真的开始了出海远航。

事实上，长长的双桨有力又有节奏地划行着。在吉吉诺看来，小船的桨里一定装着一个弹性很大的弹簧。弹簧所以能够弹起，肯定船里装着一个巨大的蒸气锅炉。

我们的英雄乘坐的这条船是只轻快的小汽艇。小船把吉吉诺很快地带到湖面上。他还看到周围其他一些不同形状、稀奇古怪的船，有的时隐时现，非常神秘。到底是谁用什么神奇的力量在驾驶它们，任何人也说不清楚。

这湖里还真有一支舰队呢！吉吉诺想。

眼下，他忘记了要达到的神圣目的，做起了野心勃勃的美梦，憧憬成为一名威风凛凛的海军将军，幻想着参加一系列海战。自然啰，在战斗中，他老是击沉敌舰。

由于美妙的幻想在脑海中闪现，他像一位经验丰富的老水手一样在甲板上踱来踱去，在舱内东游西逛。突然他看到船帮上冒出一排密密麻麻的管子，于是停了下来思量：

我明白了，这是用来传话的喇叭。

靠近船头的地方，他看到小管子都张着口，于是对着管口大喊：

"轮机工！司炉！请注意！"

一个声音回答：

"哟！……谁呀？"

"是我，海军将领'小白旗'！你们都出来！"

沉默了一会儿，那个神秘的声音接着说：

"出去？不！最好你下来！"

细长细长的双桨猛然张开，使劲一划，小船翘首飞速向前滑行，然后向上一跃，钻进湖中，当然，吉吉诺也跟着小船沉入水中。吉吉诺还没有来得及说出想要说的一句话：

"咦，这是一艘潜水艇！"

吉吉诺绝望地抓住那些传话效果很糟糕的管子，但他很快明白，自己在水下将待很长时间，随时都有淹死的可能。

随便吧！可他又不甘心白白等死，于是拼命挣扎，终于浮出了水面。由于喝了很多水，再加上体力消耗过度，他已筋疲力尽，万念俱灰，再也不能奋力抗争了，于是他像个虔诚的教徒那样低声祈祷：

"我的上帝！"

一个黑影冷不丁从他上面经过。

吉吉诺伸开手臂，觉着碰到了什么东西，便奋力游过去，狠狠抓住了那个黑影。黑影惊叫一声：

"哟，是谁拽着我的腿？"

听了这话，可怜的遇难者又恢复了全部的勇气和智慧。他想：

这是某公的腿……是某公在水中悠闲散步的腿！正是在我需要的时候！

吉吉诺抱着那条腿往上爬呀爬呀。这条腿既黑又长，吉吉诺想不到现在自己是这样有力气，动作是这样敏捷，忽地爬出了水面。原来他正好爬到这个古怪东西的背上。只听那怪物说：

"是谁趴在我的背上？"

"是我。"吉吉诺骑在怪物的背上说，"也就是说，一只长着可怕双颚的蚂蚁，他请你把他送到对岸去。"

吉吉诺是以一种不容反驳的口气说这番话的，说明他是个顽强的生命体，除了怕淹死，什么也不怕。再说，这个怪物也没有其他什么事，只是悠然自得地在水中散步，把他带到对岸是没有问题的。怪物也没有对吉吉诺再说什么，向着对岸游去。

露着衬衫角的小蚂蚁

骑在怪物背上的吉吉诺好奇地打量着这头水中的"单峰驼"。

这是一只深褐色的昆虫，身体修长，脑袋占了身体的三分之一，一对触角很长很长，六条腿长短相同，从身体伸出去，可以伸得老远老远。

"愿上帝赐给你有劲的腿。"我们的英雄以友好的口吻说，"你真有福气，能像潜水艇一样在水里行走。对不起，能告诉我你是谁吗？"

"我是水黾①。"昆虫满心欢喜地回答说，"我们水黾还长着翅膀，尽管没有用处。"

昆虫这样说着，轻轻地打开一个像皮革黑匣子一样的东西，也就是覆盖在背上的角质层，它保护着藏在下面的一对深褐色翅膀。

"我不是吹牛，只不过是随便说说而已。"这位古怪的

---
①水黾，俗称水拖车。

142

水中旅伴说，"在我们的群体中，其实还有许多比我更勇敢的，他们能从容应对滚滚急流，甚至可以在热带海洋里漫游。"

这个时候，吉吉诺觉着自己的旅伴很有礼貌，想起刚才要求对方背他到达对岸时说过的粗鲁话，便向旅伴赔礼道歉。这样，两只昆虫之间就建立起了诚挚和亲密的关系。吉吉诺又向旅伴一五一十地讲述了自己的冒险经历，并绘声绘色地描述了那只把他带入水中的魔船。

水黾沉思片刻说："那是仰泳蝽！"

"哟，这就是那只神秘'船'的名字？"

"仰泳蝽是一种跟我同目的昆虫的名字，跟我一样，是生活在池塘中的。不同的是，我浮在水面上，而他可以在淤泥里顽强地捕捉其他水生昆虫，并用可怕而有毒的嘴杀死他们。他也经常浮在水面上。当浮在水面上时，他的习惯总是腹部向上。他的腹部是黄色的，毛茸茸的，六条腿舒展着，两条后腿最长，是划桨用的。确切地说，他浮在水面上是为了呼吸。腹部下面的毛，就是你紧紧抓住的小管子，是用来储藏空气的。"

"你说什么？"吉吉诺非常惊奇地问。

"事情就是这样。"水黾接着说，"要是我说仰泳蝽的翅膀比我的更有力，完全能在空中飞，你会更吃惊！"

"真是一只卓尔不群的昆虫！"吉吉诺佩服得五体投地。

他们俩边游边聊，水黾游到岸边，吉吉诺上了岸，满怀深情地说：

露着衬衫角的小蚂蚁

"亲爱的水黾,你帮了我大忙,我活一千年也不会忘记你的,你属于哪一目的昆虫?"

"我属于半翅目①。"

"好吧,我为所有的半翅目昆虫祝福。不过,要是你看到仰泳蝽,请你转告他,他那样对待游客很不礼貌!"

水黾笑了笑,转身疾步离开岸边。

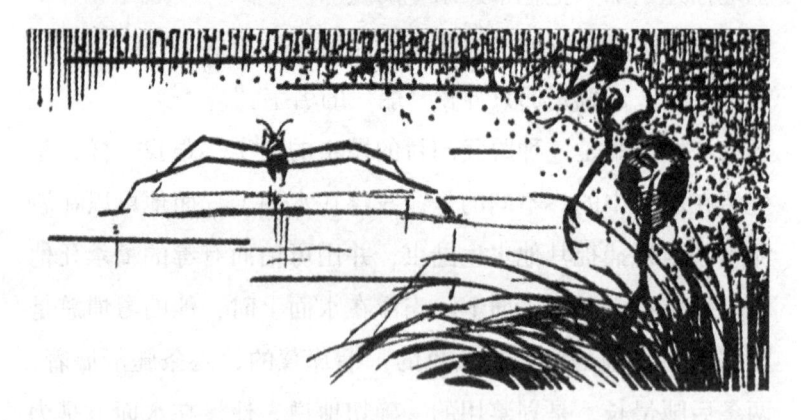

吉吉诺凝神望着他那细长的腿悄无声息地掠过水面,直到消失得无影无踪。这时吉吉诺望望四周,忧愁地问自己:

"现在我怎么办呢?"

---

① 半翅目昆虫,俗名叫"蝽",系昆虫纲第五大目。

27. 在熊蜂家中

可怜的流亡者现在该怎么办呢?

在漆黑一团的夜里,吉吉诺孤苦伶仃,被遗弃在一个陌生的地方。自从落进湖水后,他已经迷失了方向。现在,是不是到了原来想要到达的对岸,或者又回到了渡湖前的老地方……这一切他都说不清楚。

起码要找个过夜的地方才成!吉吉诺想。

他就在附近寻找,终于在一个土堆上发现了一个洞穴,便慢慢走进去。他一边用触角探路,一边用双颚准备应付发生的任何意外。

这是一条弯弯曲曲的宽广而望不到尽头的通道。

突然,从这条蜿蜒曲折的通道拐弯处,传来一个拉得很长的低沉声音,它唤起了吉吉诺对遥远童年的回忆。

毫无疑问,吉吉诺想,这里面住着一位低音提琴教授。

紧接着,他听到了第二部、第三部、第四部和第五部低音提琴的演奏,在漆黑宽敞的拱廊里,汇合成一部低音谱号、深沉庄重的和声。吉吉诺心里说:

"这哪里是一位音乐教授,明明就是一所音乐学院!"

音调优美的低音合奏刚停,吉吉诺就不由自主地喊叫了起来:

"好！太棒了……再来一次！……"

吉吉诺发自内心的喝彩过后，接着是一阵沉默。然后，那些杰出的教授像调弦那样开始发出一些短音，最后用渐强音奏出一个富有旋律的优美调子：

"谁在那儿？"

吉吉诺完全明白这悦耳音调的含意，于是，他走上前去，用温柔的语气说：

"我是一只小小的可怜昆虫，敬请最尊贵的先生帮我找一个过夜的地方。"

一个低沉而庄严的声音说：

"过来吧。"

我们的流亡者用触角探着路往前走，结果，他的触角正好同那个正在寻找客人的触角相遇。

看来，对方的"考察"结果对吉吉诺十分有利，因为，刚才那个让吉吉诺"过来"的深沉声音又继续说：

"别怕，你可以在你喜欢的任何地方休息。熊蜂的家尽管黑灯瞎火的，可它绝不出卖朋友。"

吉吉诺打心眼儿里感谢他们。他躲到一个角落里，舒展开疲惫不堪的可怜四肢，尽情享受着欢乐。

整个夜晚，我们的英雄都在欣赏着低音提琴的协奏曲，还听到地洞里不断有来来往往的、沉重而匆忙的脚步声和连续的嘟囔声。亲爱的小读者们，你们完全想象得到，吉吉诺是怀着怎样的好奇心盼望着黎明的到来，以便能亲眼看看这些古怪的音乐教授们长什么样。

天刚蒙蒙亮，一束光线从一条缝隙射进洞穴。这个时候，吉吉诺看到周围有许多粗壮矮胖的昆虫，他们从触角到腹部的末端全都长满了毛。除了胸口有一块黄色的斑点外，全身黑乎乎的。他们像黄蜂一样也长着一对翅膀。

吉吉诺想：

多漂亮的一群黑熊啊！

事实上他们也真像熊！然而，他们性情温和，彬彬有礼，对子孙后代关怀备至，对家庭充满爱心，从早到晚总是忙忙碌碌，孜孜不倦地耕耘着，吮吸着花蜜，并带回家喂养幼虫。

熊蜂不是艺术家，他们找到那些被老鼠遗弃的洞穴或者鼹鼠的地道，再把它们改造成自己的安乐窝。如果说他们的家里缺少艺术的话，可取代的却是完全和谐的气氛。在他们小小的社会里，所有的成员，不分性别，大家都像工蜂一样热爱劳动，过着简朴而正直的生活。

他们是善良而纯朴的昆虫，凡事总是以相互抱怨开始，但最后又总是以建立融洽和睦的关系告终。尽管他们长得像熊一样粗犷，其貌不扬，可对其他的昆虫都非常热情好客。

正如常识告诉我们的，不可以相貌取人。人类中也一样，有些人别看他外表粗野，情操却是高尚的，助人也是慷慨的。

吉吉诺很快跟主人建立了真挚的友情，使他有机会了解他们的优秀品质。他们最优秀的品质就是对遭遇不幸者的仁爱之心。

吉吉诺正准备表示感激时，一只长着翅膀、浑身黑色、毛茸茸的跟熊蜂长得差不多的昆虫飘然来到洞口。可从说话的语调看，他和熊蜂是不同的家族。

他哭哭啼啼地说：

"请你们给我这个可怜的失业泥瓦匠一点儿吃的吧！"

他讲了自己值得同情的遭遇。原来，他是一只泥瓦匠蜂①。他花了两天的时间在一家住宅的外墙上筑起一个安乐窝。想不到，另外一只泥瓦匠蜂想要霸占他的劳动成果，于是向他挑衅。经过激烈搏斗后，合法主人被打败，非法入侵者强占了他的家。

这只可怜的小昆虫狼狈不堪地逃了出来，以至于连采一点儿蜜的力气都没有了，于是，他来到以善良闻名的熊蜂家里要点儿东西吃，好恢复精力。

好心的熊蜂们深受感动，马上为泥瓦匠蜂准备了丰盛的早餐。吉吉诺也趁机吃喝了一顿，因为他早就饿得饥肠辘辘了，这种肠鸣声就如同熊蜂们演奏低音提琴一样。

吃饱喝足以后，大家都鱼贯而行，一个个出了洞。泥瓦匠蜂感谢完主人，正准备离开，吉吉诺却把他叫住了。泥瓦

---

①泥瓦匠蜂，喜欢独居，用沙子和泥土来筑巢。

匠蜂的遭遇给吉吉诺留下了深刻的印象，于是吉吉诺对泥瓦匠蜂说：

"对不起，请等一等。你受到了侵犯，如果可能的话，我愿帮你把被侵占的巢穴夺回来。"

他回忆起妈妈常常对他说的那些话：帮助弱者是一个正直的人应尽的义务。当弱者受到欺负时，就应该不惜任何代价地去保护他们，维护正义，同欺凌弱者的那些坏人进行斗争。

"你那被霸占的家在哪儿？"吉吉诺问。

泥瓦匠蜂直摇头。

"我用螫针猛刺对手，都保卫不了我的家。"泥瓦匠蜂说，"我的好蚂蚁呀，你把我被侵占的家夺回来的希望也是渺茫的。我的家是建在一户人家的外墙上，按这个方向往前走就能找到。不过，离这里还相当远，但很容易辨认出来，因为有一棵葡萄树的藤蔓攀附在屋檐下。"

吉吉诺激动得快要晕倒，他焦急地问：

"是萨拉玛娜葡萄吗？"可泥瓦匠蜂还没有听见吉吉诺的问话就嗡嗡地飞走了。

29. 两只昆虫都找到了各自的家

那棵葡萄树应该是萨拉玛娜葡萄树,泥瓦匠蜂筑巢的房子应该是吉吉诺家的乡间别墅。

是的,吉吉诺坚持要打听泥瓦匠蜂巢穴的确切地址完全是出于好心,好心总会有好报。吉吉诺想起了妈妈,想起了妈妈的忠告,于是,他满怀全部热情来实践妈妈的忠告,因为这是利人利己的善事,肯定会有好结果的。

"我走了。"吉吉诺对熊蜂说,"我衷心地感谢你们。你们是非常善良的昆虫,甚至连你们自己都想不到,你们的仁爱之心正是抚慰不幸者心灵创伤的灵丹妙药。你们不仅同情可怜的泥瓦匠蜂,也给我带来了无限的幸福,为此,我应该加倍地感谢你们……这一切,你们不都看得一清二楚吗?"

吉吉诺说得千真万确。爱心创造了一个又一个奇迹,这种抚慰心灵的善良美德进一步激发了施恩者的热情,使其淹没在一片赞美和祝福声中。施恩者万万没有想到自己的善举会产生这样显著的效果,更没有想到这样做是不是值得。

我们的吉吉诺满怀着信心,鼓起了勇气,踏上了泥瓦匠蜂给他指引的路,大踏步地走着,一刻也没有停歇。

路很好走,没有遇到什么困难,可以用"一路顺风"来形容。走了一整天，吉吉诺终于来到自家的别墅门口。

这正是他的家。我的小读者们，当吉吉诺登上两级台阶时心情是怎样的激动，我是无法形容的！他离开家的时候，还是个小孩子。记得那一天，他同哥哥和姐姐一起手捧拉丁文语法书，也是从这两级台阶上走下来的。

马伍里齐奥和焦尔姬娜后来怎么样了？这是一个他不知道的问题。

只有进了家以后，才能知道他们俩的情况。尽管进家门是他强烈的愿望，可他要信守对泥瓦匠蜂做出的诺言。泥瓦匠蜂对他太重要了。没有泥瓦匠蜂的帮助，他什么事都办不成，找到家更是不可能。

他现在必须信守诺言。想到这里，他爬上关着的大门，开始仔细地查看家里的那一堵墙，寻找泥瓦匠蜂被侵占了的巢穴。

他爬呀找呀，结果在屋顶附近发现一个巢，想必是那些能干而强壮的泥瓦匠蜂们建造的家。这个泥土巢筑在一段弯曲管道的外面。吉吉诺看到一只带翅昆虫匆忙往巢里钻，胸前还有一只可怜的蝴蝶被他抓得紧紧的。

吉吉诺朝黑乎乎的巢里望了一眼，大喊道：

"喂，给我滚出来！"

他的话音刚落，便从巢穴里传来一阵暴躁的大喊，原来是一批凶猛的居民争先恐后地从坚固的巢里蜂拥而出。

我们的吉吉诺及时闪到一旁，所幸这些因发怒而丧失理智的昆虫并没有发现他。

这些昆虫刚刚拥出,吉吉诺就大步流星地溜走了,可他还是不时回头望上一眼,只见这些昆虫好像中了邪似的嗡嗡乱叫,忙忙碌碌地你来我往,进出蜂巢。

吉吉诺想:

当人们中有谁遇到某个严重的问题,或者听到某个没完没了的流言蜚语时,常常这样说"某某捅了马蜂窝……"现在我才懂得,这可是真正的经验之谈,我要感谢上帝让我侥幸躲过了这次浩劫。

事实上,吉吉诺遇到的这个巢是壁蜂的巢。这种昆虫力大无穷,而且非常多疑易怒。

吉吉诺在附近的墙上继续观察、寻找,发现有一个巢的外表像一团泥巴贴在墙上。他走上前看了看,想起了泥瓦匠蜂向他描述的筑巢情况,马上意识到这才是他所要找的那个巢。接着,他找到巢的入口,走近一听,里面果然有嗡嗡的叫声。

吉吉诺张开如同钳子般的双颚,守在巢口耐心等待。

太阳已经落山,但吉吉诺仍然记着自己说过的话,等强盗一露面就立刻捉住他。

吉吉诺听到了嗡嗡声越来越近,蛮横的强盗蜂很快要露面了。

吉吉诺用力一跃,便扑到强盗蜂的身上,用双颚咬住其脑袋,并用四肢踩着他的翅膀和身体,这样,强盗蜂一点儿也不能动弹了。吉吉诺用嘲笑的口吻说:

"知道吗?实在对不起!我来你这里是讨要房租的。"

泥瓦匠蜂试图用螫针来反抗,可他还没有来得及这样做,吉吉诺就一下把他的螫针齐根咬断,并大声警告道:

"你想干什么?真对不起,你的'带枪许可证'被我没收了!"解除强盗蜂的所有武装后,吉吉诺放开了他,以蔑视的口气说:

"滚开吧!我再也不想在这个地方见到你!你没了武器,再也不能为非作歹了,这是命运对你的安排,感谢上苍吧。当然,我也为你感到高兴!"

这只流浪的强盗蜂没敢再啰唆什么,便仓皇逃命了。吉吉诺听到一个声音大叫道:

"我的蚂蚁,让我拥抱你!"

原来,叫声是蜂巢的合法主人发出来的。

离开熊蜂家后,泥瓦匠蜂又飞回吉吉诺家的别墅,想在那里再筑一个新巢。听到嘈杂声后,泥瓦匠蜂来到他原来的巢边,亲眼看到了刚才发生的一幕。

"现在你看得很清楚,我完全履行了自己的诺言!"吉吉诺说,"我诚实可靠的泥瓦匠蜂朋友,现在你进屋去吧,别怕,请吧!你的死敌再也不会霸占你的劳动成果了。"

吉吉诺说完，沿着墙面下了地，终于来到自家别墅的大门口。

"萨拉玛娜葡萄呢？"我们的小读者准会流着口水问。

萨拉玛娜葡萄树仍然在那里。

经过一番不懈的努力，吉吉诺为泥瓦匠蜂伸张了正义。严惩了强盗蜂后，他多么渴望尽快走进自己的家哟！说实话，吉吉诺眼下却没有一点儿心思要品尝一口香甜味美的葡萄。要知道，当他是个孩子的时候，天天都摘葡萄吃呢！

29. 没有钥匙,难进家门

"啊,终于到家了,"前小白旗皇帝一世激动得自言自语,"现在我真的回到了家!"

如今你们已经看得很清楚,吉吉诺的缺点是总把完成一件事想得过于简单。这一次,他也很快发现,尽管自己从一个小孩子变成了一只蚂蚁,要进家也绝不是一件轻而易举的事情。

可以说,两扇门关得天衣无缝,不管怎么找,吉吉诺也找不到一个进门的缝隙。

他试图从锁眼里爬进去,可没有成功,因为锁眼里被黄铜的挡板堵死了。吉吉诺在锁眼前转悠了大半天,还是钻了出来。

吉吉诺突发奇想:再爬到墙上,看看是否能从窗口爬进去。他说到做到。

哟,窗户也关得严严的!他想,这个时候,家里所有的人肯定都在睡大觉。

吉吉诺大失所望,只好在家门口转来转去。他曾经梦想过自己变得高大无比,现在第一次渴望变得更小更小。借着月光,他看见门上有一个被虫蛀蚀的小孔。

吉吉诺自言自语道:

"看看是不是能沿着这条路走到屋里去。"

因为窟窿太小太小而钻不进去，于是他用双颚啃了啃窟窿的木头边，最后终于爬了进去。

他在窟窿里慢慢朝前走，发现路变得越来越宽，走起来也越来越舒服。这是一条黑咕隆咚、曲里拐弯的通道。通道时而上升，时而下降，里面全是锯末似的东西，显然，是这里的神秘居民啃的。

吉吉诺心里犯着嘀咕：

"是哪位别出心裁的老兄来专啃我家别墅的大门玩？"

吉吉诺继续往前走，小心翼翼地用触角探着路，以防发生意外。

他这样走了好长一段路，突然停了下来，因为在他前面有一个软绵绵的东西挡住了他。

同时，他听到黑乎乎的通道里一个声音在问：

"喂，是谁在后面搔我的背？"

咦！真是不可思议！吉吉诺马上多了一个心眼儿！

"这位先生后面是软的，"吉吉诺自言自语地说，"可脑袋肯定非常硬，否则，就不可能这样轻而易举地在我家的门上啃出个小孔来，在他转身回头之前，我必须跟他搞个君子协定，要不然……"

吉吉诺用四条腿紧紧夹住这只昆虫柔软、虚弱的身体，用双颚轻轻地咬了他一下说：

"请您原谅，我让您受罪了。"

"哎哟，你要杀我？"

"也许吧！不过，您要相信……无论如何，你啃我家的门，这是件让我很不高兴的事情。"

"那你起码也得让我转过身来呀！"

"瞧您说的！我们可以随便聊聊，只要不打扰您就行。请想想吧，这是您家吗？"

"可你总得告诉我，你是谁呀？你想干什么？"

"好吧，亲爱的先生，我是一只小小的蚂蚁，但正如您刚才感受到的那样，要是我愿意的话，只要一口我就能把您齐根咬成两半！"

"别……别这样！……"

"不要害怕！首先，我迫切地希望阁下能尽快了解我的意图：如果我放了您，您必须做到不用您的武器伤害我，您若做到这一点，我还向您表示衷心的谢意。您看行吗？"

"我保证做到。"

"这可是诚实可信的昆虫说的话？"

"我以膜翅目昆虫的名义向你发誓。"

"哟，是吗？"吉吉诺深感意外地说，"我也属于膜翅目昆虫，我们是可以和睦相处的。"

神秘的昆虫从吉吉诺那里获得自由后，便转过身子。吉吉诺看到昆虫的身体确实很柔软，脑袋确实很坚硬，脑袋尖得像一把锋利的锥子。

"你看,"陌生的昆虫说,"现在我可以不费吹灰之力穿透你的身体,但是我说话是算数的。目前我处于生命中最重要的时刻,所以我不想自食其言。"

"您这种想法太好了……"吉吉诺说。

"请你告诉我,你怎么跑到我家来了?"

"唉,说起来话长了!可以说,来到您家正是为了回到我家去。一句话,我想到大门那边去。"

"现在回不去了,通道到此中断了!"

"您是这样的能干,难道您不能干脆把门穿透吗?"

"我必须把门穿透,而且越快越好,因为对我来说,这是个庄严的时刻。这一时刻即将来临。啊,我希望一帆风顺!"

古怪的昆虫在黑暗的通道里讲的这些神秘的话让吉吉诺莫名其妙,他不禁产生了强烈的好奇心。他再也按捺不住激动的心情,终于迫不及待地问:

"请你借此机会给我讲一讲,你在这个时候到底想跟谁打交道?到底要干什么?另外,你讲的那些神秘的话到底是什么意思。劳驾,请你给我解释一下,以便能荣幸地跟你认识,交个朋友,好吗?"

那昆虫沉默一会儿,然后以庄重的语气说:

"我是大树蜂焦维科。出于我们所有昆虫的本能,我感到自己身体发生重大变化的时刻即将来临,过不了多久,我将变成一只非常美丽而又健壮的昆虫在空中嗡嗡嗡地飞来飞去。我已在这里生活了一年多,你知道吗?我妈妈在这块木头上产下卵(我们特别喜欢住在杉树上),我这个可怜的幼虫刚从卵里孵化出来便开始挖呀挖呀的,我就是在天天挖通道、加宽通道的过程中逐步长大的。我付出了艰辛的劳动,终于到了该享受成果的时候。不久,我将开始休眠,逐渐变成蛹,再由蛹完全羽化为成虫。要知道,为了飞出去,我必须打开一条通道。原来的通道是我小时候挖的,现在我已经长大变粗,太窄的通道再也过不去了,所以我是没有退路的。可以说,我现在处于自己生命的最重要时刻,你看我讲这一通是完全有道理的吧!"

吉吉诺无法掩饰对这位非凡的钻探工的敬佩,不过,他还是想展示一下自己是只经过过风雨、见过世面的昆虫,于是说:

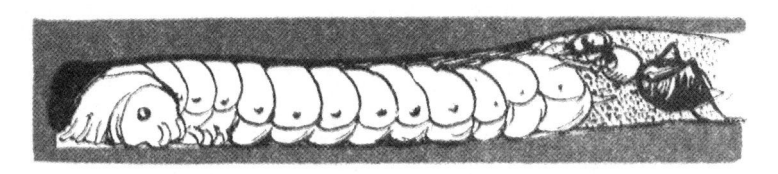

"我可以告诉你,我曾见过比你更为厉害的蛀虫。我有个特殊的秘书,名字叫瘿蜂,他甚至能把包在橡树叶子里的小球钻个小孔。要知道,这种小球比李子核还硬!"

大树蜂听后哈哈大笑,接着转身又开始啃木头去了。

大树蜂用强大的武器啃着木头,木屑像下雨似的掉在他的周围,通道延长着,迅速延长着……

大树蜂突然停止了干活儿,吉吉诺好像听到他在抱怨:

"哎哟,这下可要出丑了!"

接着,大树蜂比先前更用力地继续啃着木头。然后,通道里冷不丁发出一声叹息:

"我真可怜!"

吉吉诺朝他走去。

可怜的大树蜂已累得筋疲力尽,在通道的尽头嗫嚅地说着让人很难听懂的话。

"怎么回事?能告诉我吗?"吉吉诺问。

昆虫点了点头,低声说:

"我啃的不再是木头。"

吉吉诺触了触通道尽头的那堵墙,禁不住绝望地大喊了一声:

"哎哟,这是大门的锁!"

30 小白旗皇帝被当成一只跳蚤

事情正是这样：为了打开一条通道，这只可怜的大树蜂幼虫干了一年的活儿，到了快变成长着翅膀成虫的关键时刻，通道却被一块铁板挡住了。

"现在怎么办？"吉吉诺忧心忡忡地问。

大树蜂摇摇头，似乎又恢复了精力，大声说："我必须加油加油再加油，我越来越感到再不能耽误时间了。"

"你要打道回府是吗？"

"回去？绝对不回去！我要穿透这块铁板！"

吉吉诺大惊失色地望着大树蜂。

当听到一种像锉刀以飞快的速度锉着铁板而发出的尖厉刺耳的声音时，吉吉诺惊奇到了极点。

幼虫真的能啃铁。受人尊重的博物学家早已注意到厉害的昆虫能把三厘米的铅板，甚至弹药筒打通的事实。要是吉吉诺知道这一点，他就不会吃惊了。

事实上，大树蜂啃的铁板比子弹壳要薄得多。经过坚持不懈地啃咬和几乎是不顾一切地奋力拼搏，大树蜂终于啃透了铁板。

"连我的朋友瘿蜂也会自惭形秽的！木头板更不在话下！"吉吉诺佩服得五体投地，感慨万端地说，"我亲爱的朋友，你可以拿坚硬的脑袋往墙上撞，根本不用担心撞坏了它！"

"哎哟！"大树蜂说，"要知道，对我来说，这可是生死攸关的大事。现在正是我即将展翅飞翔的关键时刻，要是打不开通道，我必死无疑，而眼下死亡对我来说是不可想象的。"

"那么，你马上就要变态了？"

"对，我需要安静。过一会儿，我就要变成蛹。等我从蛹里出来，就全部完成变态。你不是想路过这里吗？喏，这就是路。"

"谢谢！"吉吉诺说，"我打心眼儿里感谢你。要是我能帮你一点儿忙的话……"

"现在我需要休息，如此而已，你过去吧！"

吉吉诺从锁上啃出来的小孔爬进去，又从门内爬到地面，来到别墅的客厅。

我们的朋友刚一着地，就兴奋得手舞足蹈起来：

"嘻嘻！我终于到家了！我可回来了，回到了妈妈的身边！"

怀着要见妈妈的强烈愿望，吉吉诺开始在黑暗中摸索，寻找客厅的大门。走着走着，他突然停了下来，一个障碍物挡住了他的去路。

原来，障碍物是一块无花果的果皮，很可能是农民家的孩子扔下的。坦率地说，吉吉诺本来可以毫不费力地爬过这块无花果的果皮的，但是，他的胃早已变得空空荡荡，肚子饿得如同低音提琴调弦那样咕咕直叫,因为自从在熊蜂那里用完丰盛的早餐到现在,他还没吃一口东西。

于是,我们的英雄便大口大口地啃吃起无花果的果皮来(请原谅我说这句不大恭维的话)!他边吃边回忆着往事,并且得意地自言自语:

"哼,我家的无花果是白色的优良品种,汁多味美。不过,要想知道这种果子的皮同样也是好吃的,就必须变成一只蚂蚁!"

吉吉诺津津有味地吃了老半天。要知道,他从早上到现在,什么也没吃过。他尽力抑制住吃萨拉玛娜葡萄的欲望,其实现在舒舒服服地大吃一顿是完全应该的。

吉吉诺眼下再也不用担心回家会迷路了,于是决定在无花果的果皮里过夜,等到天亮再进入其他房间。

一束微弱的光线从窗户处射进客厅。正当吉吉诺那丰盛的早餐即将结束时,他听到一阵脚步声。

这是女佣丽萨起床了。她跟往常一样每天早晨习惯性地打开了窗户。

这时候,吉吉诺突然听到一种奇怪的噪声,紧接着丽萨发出了可怕的大喊大叫。

到底出了什么事?

原来,一只粗壮的昆虫从门上的锁孔里突然飞进房间,这昆虫长着翅膀,银灰色的外表格外醒目,头上竖着一对漂亮的触角,均匀的身体闪着光泽。

看到突然出现的昆虫,丽萨大叫一声,抄起一块放在椅子上的抹布，拼命追打着入侵者。看来，昆虫在劫难逃了。

吉吉诺很快认出了被追打的昆虫正是大树蜂，他还听到大树蜂急促的呼救声。

"我的蚂蚁，要是你在屋里的话，快来救救我吧！"

吉吉诺还没等朋友喊第二遍，就利用一个适当的机会靠近丽萨的脚，先爬到她的鞋上，后又爬到她的脚脖子上。正当丽萨用抹布去抓可怜的大树蜂那刻，吉吉诺张开双颚，狠狠地咬了丽萨的脚脖子一口。丽萨嚷叫着扔掉了抹布。大树蜂得救了，朝着打开的窗户飞去，还不忘对吉吉诺说些温情的话：

"我的蚂蚁朋友，你干得太漂亮了，我真的很佩服你……太感谢你了！"

吉吉诺很快爬到地上，又迅速地远远躲开丽萨。丽萨呢？一边气呼呼地搔着脚脖子，一边骂道："该死的跳蚤！"

31. 吉吉诺又有了埋怨拉丁文老师的机会

如同还清了人情债那样,吉吉诺很高兴自己报答了善良的大树蜂,同时对自己在关键时刻表现出来的勇敢和敏捷,也感到心满意足。

说句真心话,一件事时常提醒着吉吉诺,那就是无论男人还是女人,他们的大脚都是残酷无情的。吉吉诺开始听到客厅里脚步的沙沙声,很害怕自己被踩着,于是他小心翼翼地爬到客厅的墙上。

吉吉诺深有感触地说:

"唉,要是人类这种巨大的动物能够了解我们小动物同样蕴藏着可贵的创造力和活力的话,他们走路时就会格外小心,不会踩死我们了。"

这时候,吉吉诺听到从另外的房间里传来说话声。重新看到家人是吉吉诺盼望已久的,于是他爬上挂在墙上的衣帽架,那里正好挂着一顶巨大的毡帽。接着,他爬上了帽檐,得意扬扬地说:

"我在帽檐上,宽敞的客厅一览无余。过一会儿,大家都要来这里吃饭,我可以把他们看个一清二楚,并听听他们说什么。"

事实上，过了不久，托马索舅舅首先步入了客厅。

吉吉诺认出了托马索舅舅，非常激动。可是，更使他激动的是舅舅说的几句话：

"丽萨，快把我帽子上的灰尘掸一掸，我要进城去。"

吉吉诺吓得不寒而栗。帽子被很快取了下来。丽萨每掸一次，吉吉诺就感到脑袋抖动得不行。他焦急不安地等待着……鬼知道丽萨把帽子掸到什么时候，自己和灰尘会掉到什么地方去！

所幸用人是从来都不会一丝不苟地去掸主人帽子上的灰尘的，丽萨胡乱把帽子掸了掸就不掸了。尽管如此，这一阵乱掸，对吉吉诺来说也是灾难性的。

现在吉吉诺得救了，但处境依然尴尬。他变成了帽子的奴隶，而帽子则是托马索舅舅的奴隶，因为舅舅出门总要戴帽子，所以，吉吉诺也不得不跟着舅舅出门。

"会有什么结果呢？"吉吉诺自言自语地说，"既然我被迫要跟舅舅出门，他也将被迫再把我带回家的。"

想到这里，吉吉诺居然快乐地在帽檐上散起步来。

不幸的是，吉吉诺万万没有想到会遇上自己以前的拉丁文老师，这使他重新回忆起变成蚂蚁后自己辛酸难过的日子了。

事实上，在离开别墅不远的地方，正当吉吉诺沿着帽檐东游西逛时，他冷不丁被狠狠地摔到了地上。

当托马索舅舅向拉丁文教师脱帽致敬时，他一点儿也没

有想到会把外甥远远地摔到了地上。当吉吉诺从晕头转向中清醒过来时,气冲冲地说:

"哼,这个糟糕的拉丁文老师!要是我再碰到我的朋友大树蜂,我非请他在这个老师的头上挖一条通道不可!"

我们的英雄吉吉诺陷入绝望,说句公道话,他气急败坏也不是没有道理的。

在饱尝千辛万苦,历经种种艰难险阻,克服了一个又一个的障碍后,吉吉诺终于回到了自己的家。可是,一个疏忽大意的错误(这是个难以预料的情况)又使他突然远远地离开了家,被四脚朝天地抛到一个陌生的地方。从那里,他再也无法找到回家的路了。

吉吉诺突然听到周围有说话声。

露着衬衫角的小蚂蚁

一个说:"我从没见过一个没有翅膀的昆虫居然这样冒冒失失地翻跟头!"

另一个说:"要是我们中间的哪一个从这么高的地方摔个四仰八叉,是不可能就这么容易站立起来的。"

确实是一些古怪的昆虫对我们既可怜又倒霉的朋友吉吉诺这样评头论足的。吉吉诺看到了这些昆虫,抑制不住地发出了"哟嗬,哟嗬"的长长惊叫声。

他们也是一些蚂蚁,不过,这是些奇特的蚂蚁,尽管如此,吉吉诺也丝毫不会怀疑他们的存在。这些蚂蚁全身是黄色的,腹部①大得跟身体不成比例,嗓子更是大得出奇。

"喂,亲爱的浅黄色大肚子,"吉吉诺迷惑不解地问,"你们从哪儿来?"

"嘻嘻!"一只蚂蚁回答,"你从那么高的地方来,我们从比你更远的地方来。"

"真的吗?从哪儿来?"

"从墨西哥!"

吉吉诺认为这些蚂蚁是在取笑自己,可正当他准备骂他们时,另外一只蚂蚁说:

"姐妹们,太阳出来了,我们该回去了。"

奇怪的蚂蚁拖着黄色的大肚子,慢腾腾地、艰难地上路了。

为了不让他们发现自己,吉吉诺一声不响地跟着他们往前走。他很想更多地了解这群蚂蚁。再说,这个时候,他真

---

①人的腹部在胸的下面,而无脊椎动物的腹部在胸的后面。

不知道做些什么来打发时间。

这群蚂蚁慢慢地爬上一块高地，高地的顶端有一个用沙土筑起的小土包，毫无疑问，这是他们的安乐窝。

事实上，小土包上面有三只同刚才那些蚂蚁一样黄色的蚂蚁，只是肚子没有那么大，他们是在站岗放哨。这些哨兵刚一见到自己的伙伴回来，就急不可待地打了招呼，高兴地喊道：

"伙伴们，欢迎你们回来！"

当发现吉吉诺跟在他们的同类后面时，这些哨兵发出尖厉刺耳的叫声：

"你这个入侵者是谁？你想干吗？"

吉吉诺边走边礼貌地向三只蚂蚁哨兵打招呼，并一本正经地说：

"假如你们不介意的话，我请你们把我当作你们同伴中的一员，而不分什么肤色。另外，不要怀疑我来这个地方有什么险恶用心，因为我对你们没有任何恶意！"

"因为"这两个字对三个蚂蚁哨兵产生了巨大的效果，他们用一种稍微温和的语气问：

"那么，你来这里干吗？"

"这正是我要向你们说清楚的事情。"吉吉诺坦率地回答，"你们都看到了，我是一只可怜的蚂蚁。我们的家园在一场悲惨的战争中惨遭破坏，我孤身一个，所以，你们没有什么可担惊受怕的。我唯一的愿望就是想知道你们是谁，是从哪儿来的，了解一下你们的生活习性，好从中学到一点儿有用的知识。"

吉吉诺的话入情入理，令人信服，感染了蚂蚁哨兵。他们在旁边小声商量后，决定同意这只外来的陌生蚂蚁来参观他们的蚁穴。考虑到客人的安全，一个蚂蚁哨兵陪同吉吉诺参观。

吉吉诺是从一个土堆的露天洞口进去的。洞口呈漏斗形，是垂直地往下延伸的，一直通到蚁穴的第一层。

吉吉诺向蚂蚁向导说了许多恭维话，说他们打造的家园，其建筑艺术高超。这里的土质确实疏松，抗压性能很差，建造蚁穴要求精心设计，施工一丝不苟。吉吉诺穿过一条垂直的隧道，来到最底层，这一层共由十个大房间组成，跟参观过的其他屋子比较起来，这里的每间屋子的墙壁是因陋就简砌成的。

吉吉诺没有空儿或心思再去关注刚才看到的那些微不足道的事情，因为只有一丝微弱的光线从上面射进来，屋子里显得相当暗。当他眼前出现一幕惊人的景象时，他情不自禁地大叫起来："这简直是在做梦！"

"做梦？"向导回答说，"不是做梦，那是盛满蜜的罐子！"

每间屋子的墙上都趴着三十来只蚂蚁，每只蚂蚁都拖着一个黄色的光亮透明的大肚子，活像装满油的大气球。

"蜜罐？"吉吉诺面对眼前的这奇闻趣事，不解地问道。

"正是蜜罐。"向导解释说，"我原谅你这个无知的可怜虫。你们这里的蚂蚁都不了解我们的社会组织。我们是墨西哥蚂蚁，纯粹是一个偶然的巧合，我们才来到了这个地方，这些对谁来说都是不难想象的！很久以前，有人用一种能渡水的怪物（吉吉诺知道黄色蚂蚁说的是船），从墨西哥运到这里一些植物。这些植物的树干和茎叶上以及包着根的泥土里有一些当地昆虫，其中也有我们蚂蚁，这些植物种下后，我们就在这块土地上扎下根，繁衍生息了。"

"好哇！"吉吉诺说，"原来这些蚂蚁是随墨西哥橡树来到这里的，对吗？"

"更确切地说，是随一种美洲热带橡树来到这里的！"

事实上，我们的吉吉诺想起，两年前，托马索舅舅从墨西哥带回来一些植物，其中就有一棵是橡树。想到这里，他感到又有了希望，因为这些蚂蚁的出现充分证明，他离昼思夜想的家并不很远。

"你看得很清楚，"蚂蚁哨兵说，"美洲热带橡树是我们的面包，瘿蜂在树叶上刺出瘿瘤，你刚才在途中遇到的那些蚂蚁，夜间就爬到树叶上去，吸瘿瘤里美味可口的树汁，经过一顿又一顿地饱餐后，这些过剩的营养使得他们的身体变得圆鼓鼓的，连回家走路都十分困难。吃饱喝足后，这些蚂蚁就回到屋子里爬到墙上，他们的伙伴还想方设法地给他们充蜜，一直到他们变成真正的蜜罐为止，就像你刚才亲眼见到的那样。"

"他们将永远趴在墙上？"

"那还用说！他们不能再动了。他们唯一的使命是为我们工蚁储存食物。不过，他们是自觉自愿承担这一重要工作的。"

吉吉诺百思不得其解，他想不到还有储藏蜜的蚂蚁。他们毫无自私自利之心，放弃了参与任何快乐生活的权利，心甘情愿地把自己的身体变成了用来储存同伴生活必需品的仓库了。

这个时候，他在途中遇到的那几只黄色蚂蚁，正在给趴在墙上的蚂蚁补充营养，也就是把自己采集到的一部分食物输进对方的身体里，吉吉诺听到他们边干活儿边愉快地说：

"这样，你再也动弹不得啦！今天你是这样，明天就该轮到我了！"

"你想尝尝我们的蜜吗？"向导问吉吉诺。

吉吉诺二话没说，便愉快地接受了一只蚂蚁奉献给他的汁液。这只蚂蚁的肚子里只装了一半蜜，所以还能动弹。汁液美味可口，稍带酸味，也许里面有少量蚁酸的缘故。

"啊，大自然创造了多少奇迹啊！"吉吉诺回到蚁穴洞口时，大发感慨地说，"甚至成功地创造了活生生的蜜罐！"

吉吉诺跟他的向导回到了蚂蚁家园的洞口，并向三个蚂蚁哨兵表达由衷的谢意。正当他同三只蚂蚁告辞时，突然听到他们可怕的一声喊叫："蚁鴷！[①]"

与此同时，吉吉诺感到自己被紧紧地叼起来。事实上，他和三只墨西哥蚂蚁被蚁鴷一起带走了！

[①] 蚁鴷，俗称啄木鸟或"歪脖"，舌长，喜食蚁，属啄木鸟科。

32. 藏在玫瑰蓓蕾里的秘密

必须承认这样一个事实：如果说，我们一直闷闷不乐的蚂蚁皇帝小白旗一世，没有实现他梦寐以求的统治整个蚂蚁世界的野心的话，而这一次他却显示出了一流的聪明和敏捷。

吉吉诺先是被粘贴在蚁䴕的舌头尖上，后又被送进这只凶残劫持蚂蚁的鸟嘴里。这时，他灵机一动，一个高明的主意突然跃入脑海。

他想方设法，把自己蜷缩进铠甲里，使得蚁䴕觉着嘴里衔着的东西是个大麻籽。果然不出所料，蚁䴕很快把吉吉诺吐了出来，一点儿也没有想到大麻籽里还藏着一只蚂蚁。蚁䴕感到能捕捉到三个（尽管不是四个）战利品已算是很满意的了！

吉吉诺掉到了地上，这次尽管摔得不轻，可总算保住了性命！

蚁䴕飞走后，吉吉诺习惯地摇摇头，用沮丧的口气说：

"卑鄙的杀手，你是我们宽宏大量的蚂蚁民族的死敌！那三只可怜的蚂蚁让你这辈子都患消化不良症，叫你不得好死！"

他转过身子，扫视了一下四周，好辨清方向。

吉吉诺在哪儿呢?他知道,自己离墨西哥蚂蚁的家园不会太远。他也知道,这棵橡树就在他家别墅附近。他就是从别墅被突然劫持走的,他现在多么想回家啊!

但是,仅仅靠这些判断,他还是找不到回家的正确的方向的。

吉吉诺这样随心所欲地游逛着,后来来到一棵高大的野玫瑰下。他想爬上玫瑰去看看,希望能从高处寻到一些对自己有用的线索。

他爬呀爬呀,边爬边留神环顾四周,可还是一无所获。最后他爬上玫瑰花最高处,停在一片花瓣上,闻到了一股沁人心脾的醉人芳香,他深深地吸了一口气说:

"好香的气味哟!"

他的注意力突然被极有意思的一幕吸引住了:在他欣赏美景、尽情享受快乐时光时,看到一只美丽的蜜蜂正在玫瑰花上满怀热情地耕耘着。

蜜蜂把头埋在芳香的花萼中,尽情地舔着花瓣,吮吸着汁液,采着花粉,还欢快地唱着歌:

> 嗡嗡嗡……我给你带来了
> 忠于你的吻。
> 嗡嗡嗡……请你给我蜜,
> 他说,你喜欢他,
> 他希望你快乐。
> 嗡嗡嗡……请你给我蜡。

在这快乐的歌声中,鲜嫩的玫瑰花仿佛在轻盈地摇曳着,向勤劳的金黄色昆虫传递着沁人肺腑的浓香花瓣。

蜜蜂采足了花粉,重新回到花萼上,停在花的最高处,专心致志地工作起来,他那种认真的样子让吉吉诺这个蚂蚁惊叹不已。

蜜蜂非常敏捷地先用前足的跗节刷下粘在身体浓密绒毛上的花粉,然后传给中足,接着,中足又把收集到的全部花粉传给后足。后足全是毛茸茸的,它的结构堪称是真正的奇迹。后足的下半部拖着一个由硬毛围成的花粉篮,这是专门用来储存和运送采来的花粉的。

吉吉诺怀着钦佩的心情,禁不住问:

"蜜蜂夫人,您有两只神奇的后足,您知道吗?"

蜜蜂猛地转身,发现是一只蚂蚁,便以傲慢的口气问:

"你在这儿干吗?"

听到问话,吉吉诺难受得如坐针毡,也顾不得说些客气话,就语气生硬地回答说:

"我干自己想干的事,你呢?"

"我?"蜜蜂气愤地说,"我干的事太多了,我一直在尽自己的义务。我感到吃惊的是,一只蚂蚁竟敢亵渎我们王国的花!"

听完蜜蜂的话,吉吉诺忍无可忍,气急败坏地大声说:

"你们的王国?啊,现在我们理论理论。你想禁止其他昆虫来闻玫瑰花的醉人芳香,到底是谁亵渎了花?多么美的花啊！从哪儿说起呢？没错儿，我是在这里，可我没有给谁带来任何烦恼。是我亵渎了花？那么你呢？你来到这里舔噬花瓣、吮吸花蜜，还把粘在你身上一切有用的东西统统搜集到一起，装进你后足的花粉篮里，请问，你这是干什么呢？"

正当吉吉诺大发脾气的时候，蜜蜂发出威胁的信号，好几次露出她的螯针。不过，蜜蜂最终还是抑制住自己的怒火，只是敷衍了一句说：

"在我的一生中，还从未见过像你这样昏头昏脑的蚂蚁呢！"

没等吉吉诺开口说话，蜜蜂又接着说：

"跟你多说等于对牛弹琴。我简单跟你讲几句就足够了！你真的知道花是什么吗？你了解她的生活秘密吗？你懂得她也像我们一样需要呼吸、睡觉，也有痛苦、欢乐和爱情吗？"

说真格的，自从变成蚂蚁，开始过蚂蚁生活后，吉吉诺发现一些在他还是个小孩子时从没有注意到的事情。当他路过草地时，看到的仅仅是一簇簇迎风摇曳的草叶，在人们眼里，只是习惯看那些显而易见的大一点儿的东西，而对细枝末节的现象却视而不见，但是一只昆虫却能看到那些极其微小的东西……这让吉吉诺深感惊奇。

说实话，吉吉诺对植物的了解是微不足道的，也从未留心去观察植物的特性，对于展现在他面前的植物生命中的奥秘，他也从来不刨根问底，所以，蜜蜂的一番话对他来说无疑是一个深刻的启示。

"你都看到了吧!"蜜蜂开导他说,"我看,你越活越糊涂了!你不知道,正如你有爸爸妈妈一样,这些花也有爸爸妈妈。这些花爸爸和花妈妈相亲相爱,也想生出像自己一样漂亮和芳香的花孩子。不过,花是动弹不得的。他们相互爱慕,也想说些美好温柔的话,可他们办不到。是谁在把饱含着浓郁芳香的爱慕之心,从一朵花传递到另一朵花的呢?是谁在传递浸着花蜜柔情的信息呢?又是谁传递着粘满花粉的纯真亲吻呢?是我们蜜蜂,是所有展着翅膀的昆虫,我们非常熟悉花,知道他们的秘密,乐意做他们传递热恋情意的信使。作为对我们友好和帮忙的回报,他们则快乐地绽开花萼,热情地迎接和拥抱我们,馈赠给我们蜜和蜡,让我们带回家!"

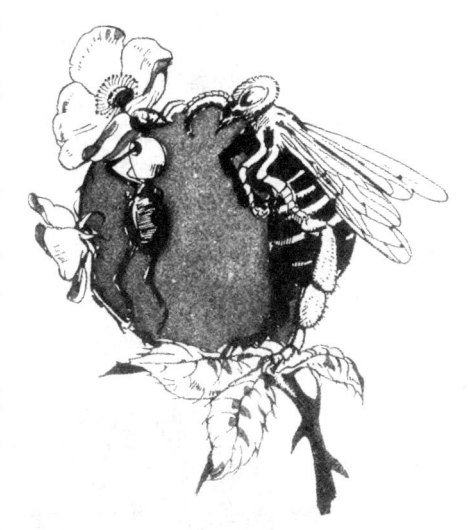

蜜蜂又嗡嗡地飞起来重新唱起了歌,玫瑰花也好像在幸福地抖动着:

嗡嗡嗡……我给你带来了
忠于你的吻。
嗡嗡嗡……请你给我蜜。

露着衬衫角的小蚂蚁

他说,他喜欢你
他希望你快乐。
嗡嗡嗡……请你给我蜡。

33. 小白旗皇帝陷入沙砾中

吉吉诺听得入了迷。蜜蜂起初的讲话是刻薄和带讽刺挖苦的，接着慢慢变得温柔和亲切了，语气由愤怒变得彬彬有礼和热情了。她的结束语简直变成了富有诗意的激情演说！

"你告诉我多少美好的事情啊！"吉吉诺终于开口说道。

他抑制不住内心的冲动，又问蜜蜂：

"我们可以和好吗？"

"完全可以。"蜜蜂回答。

"谢谢！你的深情厚谊深深打动了我。我马上就离开这棵玫瑰树……但有个条件，就是你首先得给我讲讲你是怎样采蜜和采蜡的。"

"这太容易了，我用我的吸管吮吸花瓣，里面的汁液到了我的胃里就变成了真正的蜜，至于蜂蜡嘛，由于糖化物质变成了营养，蜡就像汗水一样的东西从我们的下腹溢出来，请你亲眼看看吧！"

蜜蜂让他看了看自己下腹的三个环节里满是蜂蜡。

"我还有一个问题。"吉吉诺说。

"太阳快要落山了，你快说吧，我该回蜂房去了。"

"蜂房是什么东西？"

露着衬衫角的小蚂蚁

"哎呀,这个你也不知道?蜂房就是我们的家园呀!还有吗?"

"我还想知道你的名字。"

"我叫托尔琪娜。"

蜜蜂飞走了,吉吉诺目送着她,直到她停在附近一棵树上,他才顺着原路从玫瑰花上下来。

要知道,盯着美丽的托尔琪娜飞走的并不只是吉吉诺,因为他突然听到从玫瑰树的枝条上传来一个刺耳的声音:

"哟嗬!哟嗬!亲爱的蜜蜂夫人,现在,我可知道您的家在哪儿了,今天晚上,我要去尝尝你的蜜喽!"

吉吉诺回头一看,着实一惊,吓了一跳。

原来是一个黑色的怪物趴伏在玫瑰花的梗上。妖怪体形庞大,面目可憎,更可怕的是,毛茸茸的棕色背上画着一个黄色骷髅。

看到这个吓人的怪物,吉吉诺好像站在一个活生生的魔鬼面前,诚惶诚恐地在胸前画起了十字架。黑色的怪物呲呲作声,嘟哝着说:

"太好了,真是一顿美味可口的大餐!我叫阿特洛波斯,天黑以后,我就可以大饱口福了!"

事实上,阿特洛波斯是一只巨大的黑蝴蝶[①]要是他被激怒了,就会发出令人不寒而栗的刺耳叫声。

[①]黑蝴蝶,这里是俗称,学名为人面天蛾或鬼脸天蛾,通常被叫作"死亡脑袋",他的背上确实长着个阴森可怕的东西——好似骷髅的黄色图案。

上边提到的两个恐怖特征,加上他的颜色,庞大的躯体和在夜间出没的行为让他在愚昧人的眼里落下"灾星"昆虫的骂名,再加上夜间一成不变的叫声又使他背上了像猫头鹰和鸱鸺——不吉利鸟那样的坏名声。

是的,如果人类由于愚蠢和迷信而无缘无故地害怕像鬼脸天蛾这种昆虫的话,那么,其他一些小生物害怕他们也是顺理成章的。像小鸟儿时刻警惕着猫头鹰把自己当成美味可口的猎物一样,蜜蜂也时时提防着斯芬克司①式的阿特洛波斯——这个饕餮之徒吞食他们的蜜。

作为人类的一员,吉吉诺是完全懂得上面这些道理的。他对蜂类,特别对托尔琪娜怀有深切的同情,尽管起初托尔琪娜对他毫不客气,没有礼貌,但后来他发现托尔琪娜是一只热情好客和富有感情的蜜蜂。于是他自言自语道:

"蜂房离这里不会太远……既然我已知道了这个黑色强盗去偷吃蜂蜜的意图,那么,我必须把这件事告诉我的朋友托尔琪娜。"

吉吉诺克服了恐惧感,望了望蜜蜂所在的那棵树,神不知鬼不觉地从玫瑰树上下了地,朝蜂房的方向跑去。

他拼命地跑呀跑呀,克服了一个又一个障碍,一直朝蜂房的方向跑去,他边跑边自言自语:

"那怪物强盗说天一黑他就去偷蜜吃。尽管我没有像他那样的大翅膀,我也要比他先到那里。"

---

① 斯芬克司,希腊神话中的狮身人面怪,传说她常叫过路行人猜谜,猜不出即遭杀害。

突然吉吉诺停下了脚步,显出惊慌失措的样子,他恍惚听到一个声音,在高喊:

"皇帝万岁!"

吉吉诺望了望四周,什么也没看见。他想准是自己听错了,刚要离开,可是这时又听到一声"小白旗一世万岁"的欢呼,而且比上次更清楚。他再也不怀疑了。

吉吉诺惊喜得几乎晕过去。

接着,他看到从右边那一大片草丛里钻出两只蚂蚁,他们气喘吁吁地朝他这边爬来。他立刻认出了那是自己的两个老副官。

他们只是一个劲儿地彼此叫喊:

"小白旗!"

"大头!大钳!"

三只蚂蚁相互拥抱,好似一幅动人的雕刻杰作,如果说不是真正意义上的一组《三女神》①作品的话,那也差不多。热情亲吻拥抱后,当然就是没完没了的问长问短,滔滔不绝的各类话题。欢声笑语

---

① 《三女神》,意大利著名雕刻家安东尼奥·卡诺瓦(1757—1822)的代表作,即热情、美丽及和谐的象征。

此起彼伏，衷心祝福不绝于耳。

"嗨，我们的皇帝！"大钳说，"眼见为实，真的是你呀！都说你出事了，这不是胡说吗？"

"我们……我们……"大头接着说，"我们还以为你死了呢！"

"谢谢你们的热情关心。"吉吉诺回答说，"实话说，我能活着回来，完全是相互回报的结果。"

"唉，我们俩能捡回一条命完全是个奇迹！我们是怎么逃出来的，现在谁也说不清楚。当时有二十来只蚂蚁大张着双颚对我们穷追不舍，并用能够找到的、所有难以想象的脏话声嘶力竭地辱骂我们。那算打的什么仗哟！想想啊！当你灵机一动，做出让'炮手'加盟我们军队的决定时，其实，我们早已溃不成军，被彻底打败了。"

"你们还奢望什么呢？"吉吉诺用听天由命的庄重语气说，"要知道，幸运并不总是与天才为伴的！这就足够了！你们不知道，能跟你们再次重逢，我是多么高兴啊！"

"我们也是！从现在起，我们死也要跟你死在一起！"

"好哇！"被深深打动了的吉吉诺说，"你们俩现在陪我到一个地方去，同时，给我讲一讲你们的冒险经历。"

三只蚂蚁向蜂房的方向走去。

"从哪儿说起呢？"大头说，

"怎么说呢？"大钳也同时说。

"一个一个地说！"吉吉诺用权威的口吻说，"大钳，你先开个头儿吧！"

"我们俩的处境是可想而知的。"大钳接过话头儿说,"我们过的是流浪狗似的生活,遇到的危险数以百计,真是度日如年呢!"

"跟我一样!"吉吉诺说。

"也不知道在哪儿过夜。"

"跟我一样!"

"也不知道到哪儿去吃饭!"

"哎呀!我从早上到现在还空着肚子呢!"

"总而言之,我们过的是猪狗不如的悲惨生活,用语言难以形容。"大钳说,"现在我们找到了你,同你在一起,什么都不怕了。大头,我说的是真的吗?"

"千真万确。"

吉吉诺满心欢喜,他的两个副官也喜出望外,禁不住连声高呼:

"小白旗一世皇帝万岁,万岁,万万岁!"

好像回应这种欢呼声似的,一阵可怕的沙砾冰雹般地倾泻下来,把吉吉诺和他的两个副官裹了起来。我们的英雄顿时感到脚下的大地在滑动,于是,他不失时机地抓住一根草,大钳则用手臂紧紧搂着吉吉诺的脖子,大声叫道:

"别甩开我,要不然,我就陷下去了!"

一时间,倾泻中的沙砾像变魔术似的停止了往下陷。此时此刻,吉吉诺和大钳听到一个从地底下发出来的细弱声音。这声音像是在哀求饶命。他们俩一直放心不下,本能地转身往下看去,吓得禁不住直哆嗦。

展现在他们面前的是恐怖、野蛮和可怕的一幕。他们站在一个呈漏斗形的洞口边缘，看到洞口深处大头正在徒劳地挣扎，一个吓人的怪物正用巨大的钳子夹住大头吸液啃肉，同时美滋滋地说：

"真好吃！"

"这是狮蚁！"吓得颤抖的大钳结结巴巴地说。

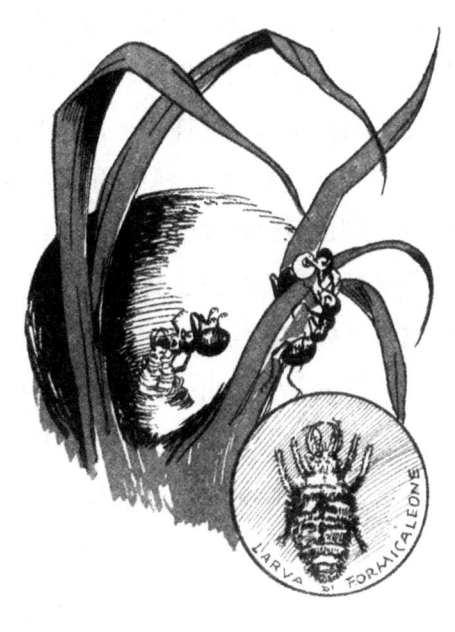

"狮蚁？"吉吉诺重复着反问，又突然想起了自己遇到的那只像蜻蜓一样的昆虫的经历，"啊，现在我终于明白了她说那些话的含意。我见过昆虫狮蚁，在这里遇到的是她的幼虫，这就是我古怪的旅伴当时为她的孩子们祝贺的原因了，她遇到了像我这样善良的蚂蚁！"

正如吉吉诺预料的那样，怪物吸干猎物后，如同一个弹簧弹起一样，把大头躯体的破碎空壳从洞口里扔出来，还满意地大叫一声：

"真好吃！"

当时只有吉吉诺目睹了这个凶残的吸血鬼蚕食猎物的场面。可怕怪物的下半身深深埋在洞内尽头的沙砾中，上半身露在外面，嘴巴是黑色的，面目狰狞，头的两边各长七只眼睛，两把有力的钳子格外醒目，腹部覆盖着稠密的粗硬黑色绒毛，两只足从腹部伸出来，足上长着一双锋利的爪子。

"现在可好啦！"怪物用粗大而低沉的声音说，同时向两只受到惊吓的蚂蚁转动着十四只眼珠子，"希望你们二位也下来！哼！哼！我正在狩猎，想不到太阳还没有下山就有了这样一顿丰盛的晚餐！……"

怪物说着，伸出腿，用力而熟练地挖着洞口的沙土，把倾盆大雨般的沙砾又一次摔向两只惊恐万状的蚂蚁。

就在吉吉诺觉着自己将被沙砾吞没的刹那（如果发生这种情况，吉吉诺就要掉进洞内深渊，成为怪物的盘中餐），他用尽吃奶的力气抓住支撑身体的那根草，让大钳紧紧地搂住自己的脖子。他们终于成功地躲开了那贪婪的怪物。

两只蚂蚁获救了。

"啊！"大钳叫道，"是你救了我的命！"

"我？"吉吉诺说，"是我的脖子救了你的命！你紧搂着我的脖子，我的脖子都快叫你扭歪了。不过，这没什么关系，看看哟，他比我们更惨！"

吉吉诺指的是四脚朝天躺在他们旁边的大头的残肢和破碎的躯壳。

"真可怜！"大钳激动地说，"只剩下一个空壳了，这个不要脸的怪物毫无顾忌地把大头的肉吃了个精光！想想哟，大头已两天没吃东西了，肚子里早已空空如也。"

沉思片刻，大钳深有感情地接着说：

"大头只剩下一个躯壳,可怪物并没有放过他,照样将他吃掉了。我真不相信!"

他们俩重新上路后,吉吉诺转过身严肃地问大钳:

"我的副官,你看见那个躲在漏斗形洞里的怪物了吗?"

"看到了,不幸得很,他是我们蚂蚁敌人的幼虫。"

"那太好了!要是下次你再遇到他们的话,我命令你提前五分钟告诉我!现在我们快走吧!"

34. 大钳荣膺膜翅目昆虫伯爵的称号

先是同两位副官相遇，后又奇遇狮蚁的幼虫，这两件事让吉吉诺耽误了一些时间。当他来到蜜蜂家园附近时，天已黑了下来。

"我担心来晚了！"吉吉诺边爬树边心里犯嘀咕。

"我们到哪儿去？"大钳鼓起勇气问心事重重的吉吉诺。

"去救受到黑色强盗威胁的蜂巢。"

"太好啦！这样，我们可以品尝蜂蜜了！"

吉吉诺用严肃的口吻说：

"我的副官！我们是为了一个崇高的目的进行这次光荣远征的，你却只想弄点儿蜜吃！"

"实话说，我的肚子空荡荡的，也像被狮蚁的幼虫吸干一样。阿门，上帝保佑！"

两只蚂蚁爬呀爬呀，终于在蜂巢前停了下来。只见一些蜜蜂焦急地进进出出，神情绝望，口里不住地叫喊：

"死亡脑袋来了！"

整个蜂巢乱成一锅粥。

这时候，吉吉诺和副官顾不得惊慌失措的兵蜂是不是在注意他们，便奋力冲进蜂巢，及时地赶到了悲剧事发地点。

LOUZHECHENSHANJIAODEXIAOMAYI

巨大的"死亡脑袋"已经侵占了蜂巢。蜜蜂倾巢出动，把他团团围住，跟这位突然而至的掠夺者殊死搏斗，可就是打不败他。这个浑身毛茸茸的庞然大物不停地拍打着黑色的翅膀，用吸管贪婪而急促地吮吸着蜂蜜。

怪物的甲壳柔软而富有弹性，蜜蜂的螫针怎么也刺不透他。在可怕的混乱中，只听见蜜蜂急促地喊叫着：

"他马上要吸空所有的蜜库了！"

"还要吃我们的幼虫！"

"也要杀死我们的女王！"

这时，吉吉诺转过身来，低声对副官说：

"懂吗？是女王，我们要不惜一切代价搭救她！"

"怎么？蜜蜂的剑也没有用了吗？"

"傻瓜一个！对付这个家伙，得用双颚咬，剑没用！"

蜜蜂们虽然强烈抗议，用螫针猛刺，可"死亡脑袋"依然津津有味地饱餐着蜂蜜，好像什么事也没发生一样。

这时，怪物突然大叫："哎哟，我的腿！"

当怪物转身向后看时又突然叫道："该死的，是谁在咬我的触角？"

站在怪物脑袋上的吉吉诺大声说：

"大钳，要是你还让他留一条腿的话，你就再也当不成我的副官了！"

"死亡脑袋"受到意外攻击后试图振翅飞走，于是开始拼命拍打翅膀来扇跑团团围着他的蜜蜂。可地方太窄，他的种种努力都是徒劳的。这时，不知谁想起了他的翅膀，咔嚓

露着衬衫角的小蚂蚁

一声,齐根咬断了一只,过了片刻,另一只也被咬断。

没有翅膀,没有触角,"死亡脑袋"试图用仅剩下的一条腿支撑着站起来,可那条腿也马上被咬断了,结果,这个怪物庞大而残缺不全的躯体沉重地摔在了地上,再也无法动弹了。

蜂巢里响起了欣喜若狂的欢呼声:"胜利啦!"

但是,有一个声音特别大,大得压住了全部的嘈杂声。这个声音问:"是谁把这个强盗打成这个样子的?"

吉吉诺从声音听出了说话的是托尔琪娜,于是不解地问:"咦,托尔琪娜,是你?"

"啊!"趴在怪物背上的蜜蜂托尔琪娜说:"我认识你,你是曾经爬到玫瑰花上的那只蚂蚁,你怎么来到这儿了?"

"我知道这位黑色先生要来抢吃你的蜜,我是特地来救

你的蜂巢的。"

"你救我？啊，太感谢你了！"托尔琪娜说，"伙伴们，请向这只蚂蚁致敬，是他救了我们！"

蜂巢里响起了一阵巨大的欢呼声。吉吉诺被深深打动了，表示感谢说：

"等一等，等一等！我没有权利独自享受这种掌声。大钳，大钳，你在哪儿？你快说呀！"

大钳没有回答。

这个馋猫一定是躲到蜜库里吃蜜去了。吉吉诺想，他回来后，我非给他点儿颜色看看不可！

这时候，托尔琪娜用她跟玫瑰花说话时那种充满感情的语调，温柔地说：

"你要留在这里，是真的吗？太晚了，我看你该回家了。"

"对呀！啊，可我没家了。"

托尔琪娜听了这些话感到百思不得其解。

托尔琪娜对蜂巢的解放者怀有深厚的情谊，本想问问这位解放者是怎么知道蜂巢的位置的，又为什么前来搭救他们。托尔琪娜不仅是一只忠于职守的蜜蜂，而且富有教养，她不想现在过多地打扰吉吉诺，就马上抑制住自己的好奇心，对吉吉诺说：

"我很想知道你的遭遇，还是明天再说吧。你和你的那只蚂蚁，如果他还在的话，就留在这儿吧！好，我们一言为定。我还需要你帮助我的伙伴们重建家园和处理这个强盗。"

吉吉诺从"死亡脑袋"的背上下来，同其他蜜蜂一起抬起怪物的尸体。

怪物块头大，身体很重，拖着他走也并非易事。一只蜜蜂说：

"亲爱的伙伴们，你们听我说，要把这个庞然大物从蜂巢里拖走是不可能的。我建议把他移到一边去。如可能的话，我们可以把他制成像木乃伊那样的干尸保存起来。"

建议获得一致通过。于是，所有的蜜蜂都站到怪物旁边，齐心协力地将怪物的尸体翻了过来。

怪物的身体刚刚移开，一个很细很细的声音从他身下传来，结结巴巴地说：

"哎哟！要是你们再晚一会儿，我就被这块大石头压死了！"

咦，原来是大钳！他齐根咬断怪物的最后一条腿后，就被怪物压在身下了。

吉吉诺一看是大钳，一把将他扶起来，庄重地对他说：

"副官，你是一名勇敢的战士！"

"瞧你说的！"大钳低声说，"你刚才威胁我说，要是我不把这个恶棍的腿全部咬断的话，你就革我的职！"

"你已经尽职尽责了。为了嘉奖你，我当着这些慷慨大方的伙伴们的面，封你为膜翅目昆虫的伯爵！"

大钳一点儿也不明白这个荣誉称号到底有什么重要意义，他只知道小白旗皇帝已经不把自己同其他昆虫相提并论了，于是，他满怀感激地说：

"谢谢!"

怪物的躯体已翻到了蜂巢的一边。吉吉诺用一条腿踩着强盗,指着他背上的那个阴森可怕的黄色骷髅说:

"对于他,连葬礼都不用举行,因为这位'尊贵'的先生早已在自己的背上刻了一块墓碑。让他的灵魂安息吧!"

35. 在蜜蜂王国里

为了表达对吉吉诺的感激之情,蜜蜂们为他准备了一个舒适的房间。吉吉诺在房间睡了一夜,第二天早上醒来后,他脾气变得很坏。他喃喃自语道:

"这个该死的怪物,害得我整夜都在做噩梦!喂,大钳!大钳!大……钳!"

睡得正香的副官被惊醒了。

"你可醒了!"吉吉诺说,"我的副官,你怎么睡得像死猪一样,你应该牢记在心:你只能闭一只眼睛睡觉!"

"我饿了。"

"我亲爱的,你是个贪吃的家伙。昨天晚上,蜜蜂们请我们吃饭时,你一下就吃了四份。以后,你必须改掉这个嘴馋贪吃的坏毛病,要不然,我目前的王室年俸是无法养活你这个饕餮之徒的。"

接着,吉吉诺换了个语调说:

"不多啰唆啦!想想啊,今天上午我们要参观蜜蜂的宫殿,拜谒女王。要晋见女王,懂吗?你要想方设法使自己的言谈举止得体,有分寸,别让我丢面子。"

想着马上要去晋见女王,吉吉诺刚才的坏脾气一扫而光了!

于是，吉吉诺向他的副官提出一系列的忠告，教他在隆重的仪式中如何遵守礼节规矩，教他晋见女王时如何对女王歌功颂德（实际上是一些老调重弹的旧话）。这时，外面传来问话声：

"我的女友，可以进去吗？"

原来是托尔琪娜到了。

"亲爱的，"吉吉诺迎上前去说，"首先，我要向你解释一下，我不是雌性的。"

"什么？"

"不，我是雄性的，简单说，我属于阳性名词，并且是单数。"

"那你的另一个雌蚁伴儿呢？"

"他也同我一样是雄性的。我们俩同属阳性名词，是复数呀。"

"我看见你们没有翅膀，我还以为你们是中性蚂蚁呢！也就是跟我一样的两只善良的工蚁①！"

吉吉诺大笑起来，向大钳瞥了一眼说：

"我们是工蚁？副官，你懂吗？托尔琪娜以为我们俩是工蚁。她想象不到我们是谁，也想象不到我是谁，可怜的托尔琪娜！不过，现在已经到了让她知道我们真实身份的时候了！大钳，请把我介绍一下！"

大钳点头哈腰，指着吉吉诺一本正经地说：

---

① 工蚁，蚂蚁中生殖器官发育不完全的雌蚁，能产卵，但不能传种。工蚁担任筑蚁巢、采集食物、哺养幼虫和蚁王等工作。

"喏，这是蚂蚁皇帝——小白旗一世。"

该轮到吉吉诺说话了。他指着大钳说：

"喏，这位是大钳副官，膜翅目昆虫的伯爵。他是小白旗皇帝的首席副官，也是剩下的唯一副官。要是我的另一个副官'大头'昨天晚上不被狮蚁吃掉的话，他眼下也应该在这里。"

听了他们俩的一席话，托尔琪娜大吃一惊。吉吉诺见托尔琪娜还蒙在鼓里，觉得向她介绍一下事情的来龙去脉还是必要的，于是，向她一五一十地讲了他这个被废黜蚂蚁皇帝的全部经历。

托尔琪娜耐心地听完吉吉诺的介绍后说：

"嘿！你听我说：我既没有可失去的王位，又没有王冠可戴，我得劳动。要是你愿意参观我的家，那就赶快跟我走。"

听完这些话，吉吉诺的心情有点儿不舒畅，当然，他就把火发到可怜的大钳身上。他板起一副严厉的面孔，冲着大钳嚷嚷道：

"喂，我的'副官'，你在干吗呢？快点儿，听见了没有？我们要参观宫殿，快走呀！动一动腿难道就这么费劲儿？"

说完，吉吉诺庄重地跟托尔琪娜肩并肩地走出房间，大钳跟在他俩后面。

走到大门口，吉吉诺立刻被眼前的情景惊呆了：大门被一些屏障严密防护着。这些屏障如同一面屏风，整整齐齐，一左一右地交错排列，谁要进到里面去，必须成"Z"字形地拐来拐去。

"这些屏障昨天还没有呀？"吉吉诺迷惑不解地问。

"事实上，"托尔琪娜回答说，"它们刚修好还没多久。要知道，从今以后，所有的强盗再也进不来了，除非他们扯断翅膀！"

"多好的主意呀！"大钳佩服到了极点，深有感触地说，"完成这样的工程，得用多快的速度哟！"

"哦，我们造得很快……"托尔琪娜说，"我们有蜡和胶，用不了多少时间就能建一堵令人生畏的墙。"

吉吉诺和大钳在托尔琪娜的带领下继续参观。吉吉诺越看越相信，这个地方既不像托尔琪娜说的是个普通的家，也不像他自己说的是一座宫殿，而是一座地地道道的城市，并且是一座大城市，建筑结构、卫生设施和舒适程度都完全按照标准打造的。

这座城市的建筑物有两个显著特点：线条的协调和最大地利用空间。实际上，准确地说，这座城市是由许多六边形的小屋子组成的，它们排列成两行，一间与另一间小屋子紧密相连。

"你们应该知道，"托尔琪娜向两只蚂蚁解释说，"六边形是唯一能使我们在一定的空间里造出数量最多蜂巢或蜂房的形状，而其他任何形状都会浪费许多空间。"

"很清楚，"吉吉诺被说得口服心服，于是回答说，"你们十分巧妙地解决了这一难题。不过，你们是怎样把蜂

房造得如此规范、如此精确而又分毫不差的呢?"

"是这样的:一旦我们选定了造巢的位置,也就是不管选在一堵墙的裂缝里,还是选在像这棵老树的断裂处,我们就开始在内壁涂上蜂蜡。蜡从我们的腹部渗出来,先是通过我们嘴巴的过滤,使它变得湿润起来,最后变成许许多多的小小蜡条粘在内壁上。经过我们许多蜜蜂不懈地轮换劳动,一堵由很厚的蜡层涂抹的墙便很快大功告成。当然,我们正是这项坚固、浩大工程的最好建筑师,也就是由像我们这样最出色的工程师建造的。你们俩想亲眼看看吗?"

托尔琪娜把两位参观者领到了正在建造的新房子前。

在一堆蜂蜡上,一些蜜蜂正在挖着六边形的小窟窿,原来他们是负责打毛坯的。打完毛坯后,他们就让出位子,把工作留给更有经验的蜜蜂专家来完成。这类蜜蜂精心设计,精心施工,把墙涂抹得平展展、光滑滑的,最后建成干净、舒适和雅致的六角形小屋子。

"造得真快呀!"大钳惊讶得目瞪口呆。

"你们好厉害哟!"吉吉诺也佩服得五体投地。他清楚地知道,人类建筑房屋有的干得很快,可干得并不好,可蜜蜂干得又快又好。

"我们能在一天一夜造出四千间小房子!"托尔琪娜说。

"真是个奇迹!"吉吉诺说,"不过,对不起,我还要提一个问题,这些小房子好得无法形容,可为什么大小不一样?"

"你马上就会明白!"托尔琪娜回答说,"这些小房子是放卵用的,我们工蜂就是从这里孵化并进而羽化出来的。①工蜂是中性的,就跟你们二位一样。"

"我们不是中性的!"吉吉诺恼火地说,"我跟你说过,我们是雄性的!"

"噢,我忘记了!"托尔琪娜露出嘲笑的神情,接着说,"比较大点的房子是用来放雄卵的,雄蜂就是从这里孵化并进而羽化出来的……真正的雄蜂,懂吗?最后的这些房子是放雌卵的,雌蜂就是从这里孵化并进而羽化出来的。你们

---

① 昆虫、鱼类、鸟类或爬行动物由卵变成幼虫叫孵化,而由蛹变为成虫叫羽化,卵—幼虫—蛹—成虫是这类生物整个生命的过程。

露着衬衫角的小蚂蚁

看，这些房子圆圆的，宏伟又漂亮，这是因为有的雌蜂将来要当蜂王①的。"

"怎么，怎么？当蜂王？"吉吉诺吃惊地问。

关于这个蜂王的话题，吉吉诺要问的问题实在太多，可是，正在这个节骨眼上，一个如同小山丘一样的古怪东西屹立在他们面前。

"啊，这是什么？"

"是'死亡脑袋'的身体，也就是被你打败的那只黑蝴蝶的尸首，我们无法把他拖到外面去，为了不让他腐烂后毒化空气，我们把他制成干尸长久保存起来。"

"制成干尸保存？"看着眼前放在地上的僵尸，吉吉诺迷惑不解地问，"这话从哪里说起呢？"

"这就是说，我们除了采蜜和花粉来喂养幼虫，分泌蜂

---

①蜂王，任何一只雌性蜜蜂的幼虫只要蜂王浆供给充足，就可以变成蜂王。

蜡建造蜂房外，还能分泌一种胶。这种黏度很强的胶不仅用作建筑的材料，还可以用来埋葬和密封那些进攻我们的大个子昆虫的尸体。"

在这里，托尔琪娜还把两只蚂蚁领进蜂房的另一边，指给他们看一只体形很大的蜗牛。

"你们都看到了吗？他闯进我们的家园，我们立即进行反击。我们用螯针猛力刺他，他就缩回到壳里去，然后我们立刻用胶将他的壳密封起来。这样一来，他就永远地被埋葬在自己家里了！"

吉吉诺和大钳对蜜蜂们罕见的力气和聪明才智感到不可思议。正当他们要对蜜蜂表达敬佩之情时，突然听到三声如同喇叭似的、节奏有致的嗡嗡声。托尔琪娜说：

"肃静，蜂王驾到！"

36. 皇帝同蜂王的对话

威风凛凛的蜂王在一大群蜜蜂的簇拥下庄重地向前挪动。蜜蜂们竞相向蜂王阿谀奉承,把满是蜜的吸管奉献给蜂王,任其吮吸。

"这些都是蜂王们的侍从。"托尔琪娜低声说。

蜂王在每座蜂房的门口慢悠悠地停一下,产一粒卵,而其他蜜蜂都热情地为产卵的蜂王唱着颂歌:

嗡嗡嗡嗡……
你是我们臣民的母亲,
你是我们臣民的女王,
每只蜜蜂都向你俯首称臣,
每只蜜蜂都是你的子女。

产完卵,又过了一会儿,蜂王说:

"实话说,我希望臣民对我满意。今天,我已产下两百粒卵。"

吉吉诺心里一惊,迷惑不解地问:

"一天产下两百粒,那么,产卵要连续几天呢?"

"根据情况而定……"托尔琪娜回答说,"一般来说,要连续产三个月,大概要产一万五千粒卵。"

"一万五千粒卵!伟大的蜂王!足够全人类像煎鸡蛋那样填饱肚子了!"

正当吉吉诺和大钳对这种神奇小昆虫的产卵情况表示半信半疑时,托尔琪娜毕恭毕敬地来到蜂王面前,同蜂王嘀咕一阵子后,托尔琪娜回来对两只蚂蚁说:

"蜂王说,她很高兴认识你们,同意跟你们见面。"

吉吉诺感到全身直打哆嗦。他走近大钳,慢条斯理地说:

"我的副官,劳驾……现在到了你主动介绍我的时候了。"

吉吉诺闪到后面,大钳走上前去,按照早上从吉吉诺那里学来的话,用赞美诗的语言,鹦鹉学舌般地为吉吉诺大唱赞歌道:

喏,这就是皇帝陛下,
嘿啦啦,嘿啦啦!
全体臣民要为陛下争光,
嘿啦啦,嘿啦啦!

吉吉诺庄重地走上前去,一本正经地对蜂王说:

"我,蚂蚁皇帝小白旗一世,非常高兴地向强大和英明的蜜蜂女王致以敬意。我们和女王有着亲戚关系[①],存在着

[①]蜜蜂和蚂蚁同属膜翅目昆虫。

诚挚的友谊……"

蜂王对这种绝对是新的礼仪深感意外,而这类礼仪习惯在蜜蜂社会是不存在的、为了避免引发不必要的误会,蜂王转过身子,用和蔼可亲的声音对两只蚂蚁说:

"是你们把我们的城市从残暴入侵者的魔爪中拯救出来的。当着我臣民的面,我向你们表达我衷心的谢意。你们可以把这里当成你们的家。"

吉吉诺感谢蜂王的热情款待,这时候,蜂王的女侍排成一个很大的圆圈,吉吉诺示意自己的副官站在他和蜂王旁边恭候。他开始与蜂王交谈。

"通过这次会面,我高兴地看到蜜蜂和蚂蚁——膜翅目这两种最高贵、最聪明的昆虫更加亲近了。"蜂王微笑着说。

"对,"吉吉诺接过话茬儿说,"我们有很多共同生存的本能,不少生活习惯也是相同的。跟你们蜜蜂一样,我们蚂蚁也共同生活在一个大家庭里。这个大家庭跟你们一样,由雌蚁、雄蚁和中性的工蚁组成,不过,这一点,我要告诉您,我和我的副官不是中性的,我们是真正雄性的。"

"真是奇闻趣事!我还以为你们也跟我们一样,是雌性杀掉雄性呢!"

吉吉诺认为现在是改变话题的时候了。他没有回答蜂王的话,只是说:

"陛下,我刚才很高兴地参观了您的王国……可您知道自己的王国幅员辽阔吗?"

"那还用说!你们蚂蚁也建造了伟大的城市。你们的城市也许比我们的小吧？"

"啊，要小得多！"困窘不安的吉吉诺回答说，"你们的臣民有多少？"

"大约三万。"

"三万只蜜蜂！……这么多臣民？太可怕了！"

"那么，贵国有多少？"

"哟嗬，陛下，"吉吉诺更加狼狈不堪，不好意思地回答说，"我的臣民嘛……喏，就在这里。"

吉吉诺指了指副官，加重语气说：

"这就是大钳，膜翅目昆虫的伯爵，是我的副官。"

大钳点头行礼。

由于蜂王不知道事情的来龙去脉，吉吉诺觉得这个时候

有必要把自己一生中最重要的一段经历向蜂王做个交代,于是说:

"哦,亲爱的陛下,不瞒您说,我是一个可怜的被废黜的皇帝,看到您被伺候得舒舒服服的,受到臣民的尊敬和爱戴,我真羡慕您作为幸福蜂王享有这样至高无上的地位。"

听了吉吉诺的话,蜂王有点儿困惑不解,她朝吉吉诺弯了弯腰身,像老朋友那样说着知心话:

"蜂王?……哦,我是,又不是。"

"您是蜂王,我真想像你那样统治一个王国。"

"嘿,是吗?你愿意每天花大量时间都用在产两百粒卵上吗?"

听蜂王这么一说,吉吉诺本来是黑着的脸,马上变得红起来。

"你应该明白,"蜂王接着说,"在这里,我这个当蜂王的只不过是一部产卵的机器。不错,我是王国的母亲,是这些臣民的造物主,是我给了他们生命,是我让他们繁衍生息下去,他们是我的孩子,我是他们的母亲。你以为我在这里当蜂王是很体面的吗?完全不是。他们让我当蜂王是为了让我产卵,而且产很多卵。我是蜂王,条件是我保证不断生儿育女。直到有一天,我不能产卵,再不能生儿育女时,我也就没有臣民了。如果有一天,我再也不能为这个王国效劳的话,也就不再是蜂王了。正如你看到的,从大的方面讲,我的桂冠确实很高,但从不足的方面看,我又是不幸的。"

不知道吉吉诺听了这番话有何感想。实际上,蜂王谈话中使用的是高尚和恰如其分的语言,这给吉吉诺留下了深刻的印象。至少此时此刻,他才懂得昆虫应按照各自的分工,尽职尽责。

沉默了一会儿,蜂王带着忧伤的语调又说:

"要是我不能产卵了,起码我应该过上平静的生活啊!这是天经地义的事情……可有时却……算了,还是不说为好!"吉吉诺本想让蜂王继续把话说下去,可想到这样做未免太冒失,于是便立即克制住自己说:

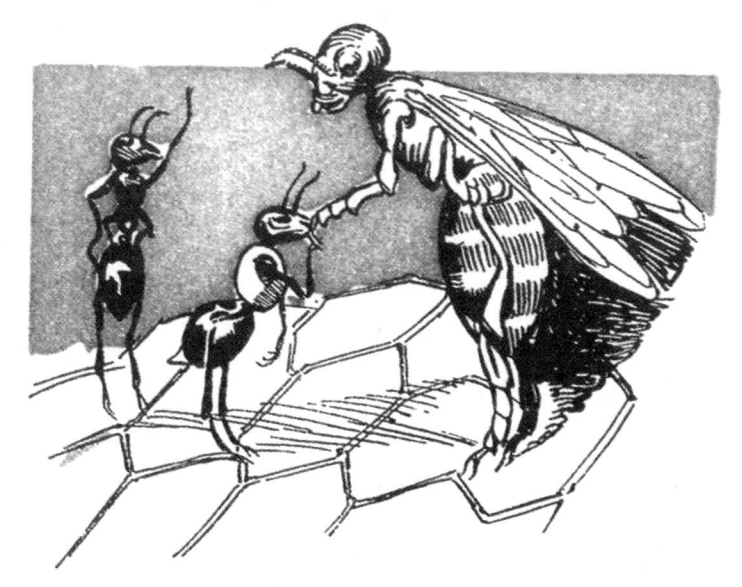

"我希望有机会能再次来到这里,跟您叙谈。"

"我也非常乐意,亲爱的。"

吉吉诺鞠个躬,吻了吻蜂王的足掌,向她告别。这时候,周围发出一片喝彩声和欢呼声:

"蜂王万岁!小白旗皇帝万岁!"

吉吉诺转过身子,兴奋地对副官说:

"这个联盟有着美好的前景!谁知道幸运之神会不会再次降到我的头上呢!"

"是的。"大钳说,"至于我嘛,我早已饥肠辘辘,就等吃饭了!"

37. 萨拉玛娜葡萄的秘密

在蜂房里，也就是在这个美丽而巨大的城市里，居住着友好而热情的蜜蜂，大家丰衣足食，两只蚂蚁过着甜蜜安静的生活：

"生活就像蜜一样甜。"见了蜜就馋得流口水的大钳说。

蜜蜂非常感激两只蚂蚁对他们的帮助，所以给两位客人安排了舒适的房间。一日三餐的饭菜全部送到一张桌子上（桌子是吉吉诺用南瓜子的硬壳做成的），食物简直可称得上是一个皇帝每天的美味佳肴。

有一次，托尔琪娜甚至给两位蚂蚁送来了王浆[①]。这王浆比一般的蜜更为美味可口，贪吃的副官高兴得手舞足蹈了：

"要是每天都能吃上王浆就更美了！"

"这是不可能的。"托尔琪娜回答说，"这是一种营养品，它的浓度比我们吃的任何一种食物都稠糊，含糖成分很高，有着特殊的效用，是专门供给将成为蜂王的幼虫享用的，正因为如此，才把它叫作王浆的。"

"咦，是吗？"吉吉诺蛮有兴趣地问，"那你说说它有什么特殊的效用？"

[①] 王浆，又叫蜂王浆，是蜜蜂喂养幼蜂王的乳状液体，味酸甜，含有多种氨基酸和维生素，有很高的营养价值。

"效用大得出奇！它对幼虫的发育有着决定性的影响。在普通蜂房，我们只喂幼虫一般性的食物，这样，他们将变成工蜂，而对于王宫巢室里面的幼虫，我们喂这种特殊的食物，他们将变成蜂王。他们住在比其他蜂类更宽敞的王宫巢室里，吃着极富营养的王浆，所以他们发育得特别快。"

"这说明什么？"

"只要把王浆喂给工蜂的幼虫吃，他们也会变成蜂王。"

听托尔琪娜这么一说，吉吉诺顿时目瞪口呆。

"我的上帝啊，请你告诉我，要是我吃了王浆，我会不会也变成一天能产几百粒卵的蚂蚁？"

托尔琪娜不吭一声，只是呵呵一笑。

"托尔琪娜，请你马上告诉我……不知为什么，我觉得胃里……托尔琪娜，快告诉我吧……哎哟，我……"

托尔琪娜一看吉吉诺拼命扭动身子，便向他保证说：

"傻瓜，难道你以为蜜蜂吃的食物蚂蚁吃后也会像在蜜蜂身上一样起作用吗？"

吉吉诺以为这个季节结束后，自己也要产下一万五千粒卵，听了托尔琪娜的话，他才放下心来，舒了一口长气。

吉吉诺转过身子，告诉托尔琪娜从今以后别送蜂王浆给他吃了，可这引起了一向贪吃的大钳的抱怨了，他大发感慨地说：

"不就多吃那么几口王浆嘛！"

吉吉诺狠狠地瞪了大钳一眼，气愤地说：

"不知羞耻！还当副官呢！说话做事要注意自己的形

象，别丢人现眼！快走吧！我要检阅你，教你一些新的军事项目。"

要知道，自从来到蜂房，吉吉诺就生活在热情好客的蜜蜂中，又获得了一只真正蜂王的信赖，他由来已久的野心又复活。紧接着，在这个已变成蚂蚁的孩子的头脑中产生了一个念头，这就是他要进行一次军事远征，铸造光荣的业绩，在昆虫社会内进行新的文明改革。

知道吉吉诺的全部想法后，托尔琪娜很不赞同，可最后还是默认了，因为她被吉吉诺给予自己的承诺完全迷住了。吉吉诺答应有一天将封她为侯爵夫人和宫廷总管。为了满足吉吉诺的愿望，根据吉吉诺的建议，托尔琪娜把蜂蜡和蜂胶掺和在一起，用这种坚硬无比的材料打造了一顶漂亮的皇冠和两副铠甲，一副为吉吉诺用，另一副给大钳副官用。

吉吉诺和大钳身穿这副戎装，天天进行军事操练。这种训练的通常做法就是皇帝一人庄重地检阅唯一的随从，并喊口令：

"排成两行报数！"

大钳报道：

"一！"

在吉吉诺和他的副官周围，数也数不清的蜜蜂正在为新一代辛勤而紧张地劳作着。

在总有兵蜂把守的蜂房门口，工蜂们进进出出，他们都是采满蜜归来的、采来的蜜除了喂养幼虫外，还作为储藏食物，以备天气不好时享用。

吉吉诺一直注意着蜜蜂的劳动。进出城市大门的蜜蜂每分钟不少于一百只。吉吉诺粗略估计了一下,每只蜜蜂每天来往四次,这样,三万只蜜蜂每天要进出十二万次。

从表面上看,这种神奇的活动使得蜂房乱得像一锅粥,但仔细观察,一切活动都是在有条不紊地进行着,实际上,每一只蜜蜂都各就各位,各司其事,满载而归的蜜蜂秩序井然地分配着蜜、蜡和胶,另外一些则打扫着城市的卫生,有的还负责把死蜂从蜂房里拖出去或者驱赶一些前来骚扰的外来客。

在蜜蜂的悉心照料下,幼虫在茁壮成长。吉吉诺到过许多蜂房里,看到幼虫的身体还非常柔软,有的还没有长出腿来,实在太有意思了!

一天早上,吉吉诺看到负责给蜂房幼虫喂食的蜜蜂正忙着用蜡把蜂房封起来。

"这样,他们会不会闷死在里面?"吉吉诺问。

"绝对不会!"一只蜜蜂回答,"这些幼虫已发育完好,他们正在变成蛹。这些蛹吐丝作茧,等到破茧后,就变为完整的成年蜂。他们不费多大劲就能顶破封着的蜡盖,走出自己的小屋。"

吉吉诺饶有兴趣地看着用蜡封起来的蜂房。当他看到同其他蜂房不一样的圆顶宫殿式小屋时,禁不住感叹道:

"哎呀!这些雌蜂居然有这么多的特权呀!"

这时,大钳来告诉吉吉诺,午饭已准备停当。吉吉诺来到大钳的房间用餐。受托尔琪娜委托,一只蜜蜂在这里为他们俩准备了丰盛的饭菜。

可是,吉吉诺刚刚尝了一口,便沉思了起来,禁不住喃喃道:

"哟嗬,这道菜我怎么这么熟悉!我好像在什么地方尝过这种美味食品。"

吉吉诺突然跳起来,喊道:"哎呀!这是我的萨拉玛娜葡萄!这是我家别墅里的萨拉玛娜的味道!"

他转身问蜜蜂:

"亲爱的朋友,这种做成蜜的汁液是从哪儿采来的?快快告诉我!你不知道这对我是多么重要!"

"事实上,"蜜蜂回答,"我是在一棵葡萄树上采来的,这棵葡萄树的藤蔓攀缘在一家房子的墙上。"

"这是我家的萨拉玛娜葡萄,没错儿,正是它!"吉吉诺激动地叫道，"你快告诉我，快告诉我！离这儿远吗？"

"咦，很远！"

"亲爱的蜜蜂小姐，你听我说，我求你一件事，你能……对不起，你能把我驮到那儿去吗？"

"今天嘛……今天不行了，家里还有很多活儿要干。"

"明天呢？"

"明天？……也许可以！"

"那么，我们一言为定，行吗？明天早上就走！"吉吉诺满怀希望，高兴得像一只唱歌的蟋蟀，一跳老高。

要见妈妈的心情使他转眼工夫忘掉了所有的野心和梦想。他希望今天很快就过去，这样，他就可以回家了。要知道，他是先爬到托马索舅舅的帽子上，后又被带走而匆忙离开家的。

确实如此！只说一点就够了，渴望见到妈妈的心情将吉吉诺的所有念头一扫而光了！

38. 城市造反

吉吉诺本来希望转眼间就能过去的一天却变成了最长的一天。这一天发生了一系列严重的、可怕的，起决定性作用的事情。

这一天，吉吉诺去向蜂王告辞。他看到此时正发生着一些不正常的情况。他告诉蜂王明天他和副官就要离开这里，感谢她的盛情款待。

"你来得正是时候！"蜂王用一种粗鲁的语气说，"你羡慕我的地位，对吗？"

"是的，"吉吉诺回答说，"你是这样的威风，这样的受崇拜……"

"威风！受崇拜！这都是你说的！"蜂王用一种嘲笑的语气说，"你想看到我的权力有多大，我的臣民是怎样崇拜我的吗？"

蜂王说完，转身对一群蜜蜂大声道：

"喂！……你们快把吃的东西给我送来！"

使吉吉诺非常纳闷的是，所有的蜜蜂都直摇头，不挪动一步。

"这一切你都看到了吗？"蜂王大声说，"你看到我的臣民是如何听我使唤了吗？所有这一切，你知道是为什吗？原因是一只雌蜂即将出生，而且注定要成为新蜂王。一只我给了生命的对手！"

"怎么回事？"吉吉诺越听越吃惊，于是说，"那些被封在宫殿式小屋子里的幼虫要登上新蜂王的宝座？"

蜂王没有直接回答吉吉诺的问话，而是望了望吉吉诺指的那些宫殿式圆顶小屋子，接着冷不防地朝那儿疯狂地扑去，大声喊道：

"喏，这就是……这些都是新蜂王！"

吉吉诺也跟着老蜂王走过去。他看到密密麻麻的工蜂警惕地守卫着新蜂王居住的宫殿式小屋。当老蜂王来到的时候，工蜂们猛地朝她扑去，把她挡住了，并大喝道：

"不许从这里通过！"

看到蜜蜂如此对待蜂王，吉吉诺惊呆了，自从进入蜂巢后，他亲眼看到了那一幕幕感人至深的情景——臣民对老蜂王忠心耿耿！他简直无法相信，这种情景转眼间发生了突变，以至于达到了造反的地步。

其实，一些新事、怪事已经或正在发生，这是毋庸置疑的。

这一天，只有很少很少的蜜蜂飞出去。整个城市陷入一片混乱，工蜂们成群结队，东一堆西一堆地聚集在一起，热烈地讨论着什么。

吉吉诺走过去，听到一只蜜蜂在一群工蜂的欢呼声中大声吆喝：

"这个城市中的蜜蜂太多了！……最近两天又生出五千

只新蜜蜂，要是我们不想闷死的话，必须发动一场革命！"

吉吉诺根本不明白这些话是什么意思，而讨论国家大事是肯定无疑的。他到处找托尔琪娜以便问个明白，可现场太混乱，始终没有找到她。他向其他蜜蜂打听消息，谁也没有回答他，因为大家都太激动了，顾不得去关注别的事情，更没有谁去理他。

忧心忡忡的吉吉诺回到自己的房间，看到大钳还在有滋有味、专心致志地吃着剩下的萨拉玛娜葡萄蜜，禁不住勃然大怒，骂道：

"卑鄙无耻的东西！你那贪得无厌的肚子永远也填不饱！外面的蜜蜂都起来造反了！"

大钳被吉吉诺的突然到来弄得不知所措。不过，他实在经不住美味的诱惑，于是说：

"陛下，这是最后一口了，还是让我吃完吧，我马上就走！"

吉吉诺一听，更是火冒三丈。他抓住大钳的喉咙，使劲地掐着说：

"要是这最后一口经过这里的话，我就让它堵在你的嗓子眼儿里！"吉吉诺坚持不放过大钳，直到他把最后一口葡萄蜜吐出为止。

"怎么回事？"大钳刚刚喘过气来，就结结巴巴地问，"难道这个城市所有的蜜蜂都变成了疯子？"

臣民们的骚动有增无减。所有的蜜蜂都大喊大叫，群情激愤，拍打着翅膀，挥动着足掌，好像真的大家都要掉脑袋似的。

老蜂王突然向前一步,以至高无上和备受尊重的陛下的身份大声说:

"同胞们,迄今为止,我认为自己已经毫无保留地履行作为大家母亲的义务,你们看到的无数只新蜜蜂就证明了这一点,这些都是刚刚出生的儿女,是我给了他们生命……"

"千真万确!蜂王万岁!"许多蜜蜂高呼。

"谢谢!"蜂王继续说,"在这里,我耳闻目睹,觉得自己的使命已经完成。我生下的新一代,也就是你们全体老工蜂们为之效劳的新一代蜂王,需要在这里建立一个新的、年轻的王国……为新蜂王建造的宫殿式蜂房即将完工。"

"新蜂王万岁!"另一些蜜蜂高呼。

"万岁就万岁吧!"老蜂王继续说,"你们这样欢呼万岁,我很高兴,但是你们应该知道,两位母亲,也就是两只蜂王,她们俩既太高贵,又太自豪,既太妄自尊大,又太热情奔放,同时肩负着蜜蜂王国里分群和生儿育女的崇高使命。在这种情况下,任何一个蜜蜂王国都不可能同时存在着两个蜂王……不行,绝对不行。让年轻的蜂王留下来,继续以强大和勇敢的新一代来传承我们伟大的民族吧……至于我嘛,我的使命还未结束,很多蜜蜂令我牵挂,还有其他许多幼小的生命需要用我的生命力去呵护他们……我要跟他们离开这里……去创建一个新的王国……继续生儿育女。我感谢大自然给了我如此强大的力量,使我成为两个国家的共同母亲。谁爱我,就跟我走吧!"

讲完话，老蜂王匆忙向大门走去。

接着，蜂群陷入了一片无法形容的混乱！你推我拥，可怕至极。一大群蜜蜂很快就聚集在老蜂王周围，跟着她向大门口走去。在老蜂王的带领下，他们如同离弦之箭，飞离蜂巢。在黑压压的一片蜜蜂的嗡嗡声中，一个声音突然大喊：

"再见，小白旗皇帝！"

吉吉诺跑到大门口，看见忠于老蜂王的托尔琪娜同其他伙伴一起跟着老蜂王飞着。

两只蚂蚁闷闷不乐地回到城里，看到动乱还在继续，他们心如刀绞。

剩下的蜜蜂又乱哄哄地向宫殿式蜂房拥过去，那里还是由刚才驱赶老蜂王的黑压压一片的工蜂把守着。

这时，蜂房里突然回荡起一阵叫喊声：

"注意……出来了！……"

一只体形颀长、翅膀短小的蜜蜂咬破被蜡封住的圆盖，从蜂房里钻出来，一眼就能看出是只雌蜂。她向四周扫视一番，看到附近还有另外一些宫殿式的雌蜂房，便发出嗡嗡的叫声，显出非常不满的样子。

于是，她以迅雷不及掩耳之势，猛地扑向那些蜂房，准备用伸出的螫针刺破密封的蜡盖，一边叫道：

"咦，这里还有几只！"

可是，一直整装待命的工蜂及时地挡住了新蜂王，她被她的臣民紧紧包围起来。他们按着她的翅膀和足掌，强行拖走了她，她再也不能向前挪动了。

新蜂王拼命挣扎着,可徒劳无益。她最终被制服,一动不动地待在那里,一对翅膀强行交叉着放在背上。尽管她不断抖动翅膀,可无法张开。

新蜂王有着远大的理想。她灵机一动,一首铿锵有力的歌曲应运而生,接着她就唱起这首有着特殊感染力的歌曲,声音柔和而甜美:

我出生的时刻,是多么让我欣喜若狂!上天赐予我生命,我又为王国注入新的生命。我的儿女子孙将绵延不绝,他们为我流芳百世,我为他们重生。

所有听得入迷的蜜蜂像新蜂王一样纹丝不动,陶醉在美妙的歌声中。他们个个低着脑袋,充满着对新蜂王的热爱和崇敬。

这个生来就为了生儿育女的宝贝——新蜂王具有不可抗拒的神奇魅力,这是一种活着就是给别的蜜蜂以生命的巨大魅力,作为万能母亲的新蜂王,她在自己血脉相通的王国里有无限的权威,享有特殊的待遇,这就使得所有的蜜蜂都必须对她俯首称臣。

唱着唱着,新蜂王如梦初醒。

"是的,"新蜂王用富有灵感的语调说,"我觉着自己已经真正明白了肩负的使命,谁愿意助我一臂之力,就跟我走,去完成这一使命!"

新蜂王飞离蜂巢,像刚才一大群蜜蜂跟着老蜂王一样,成千只蜜蜂也嗡嗡地随着新蜂王快活地飞走了。蜂房外面响起了愉快而热烈的欢呼声：

"蜂王万岁！"

吉吉诺看着飞离而去的蜜蜂，同时也听到了喊自己名字的声音：

"再见，小白旗！"

原来是在萨拉玛娜葡萄上采过蜜的那只蜜蜂。

"我明白了，"吉吉诺忧虑地低声说，"看来，回家还得等一段时间！"

39. 角斗，婚礼和撤离

还是个孩子的时候，吉吉诺就经常听说蜜蜂会成群结队地飞离蜂巢，而现在，也就是变成蚂蚁并生活在命运多舛的昆虫中间后，他才完全明白蜜蜂成群离开原来蜂巢的重要原因。

随着新蜜蜂成倍的出生，蜜蜂的数量急剧膨胀，蜂巢已经变得狭窄不堪，无法提供数千只蜜蜂的生存空间。公共卫生，生存环境和劳动秩序都在密集的蜂群中无法得到保障，拥挤不堪的蜂房使得社会法则变得毫无用处。当混乱到了极点，英明的决策就会受到无政府主义的严重威胁。

怎么办呢？办法应该是有的，而且是现成的。这就是蜜蜂的数量必须减少，一部分蜜蜂必须离开原来的家园——自己的故乡。离开是为了不失去故乡，这才是当务之急。

这样，老蜂王，这个王国的远见卓识的缔造者，所有蜜蜂的老母亲以高尚的灵魂表现出她对臣民和她创立的王国的无限热爱和深厚感情。她为即将出生的年轻母亲做出了光辉的榜样，她首先走了，首先自觉自愿地走了，离开她热爱的一切。她有着高尚的牺牲精神，主动离开故乡，流浪到其他地方，她这样做，一方面是为了拯救自己的故乡，另一方面也是为了创造新的王国。

这些不断出生的年轻母亲以老蜂王为崇高榜样去开辟新的天地，于是，新的大家庭建立了，一些群体重新组合了，一些新的王国就诞生了，在共同的劳动中，他们情同手足，各尽其职，坦诚相见，以实现他们崇高和永恒的目标——确保自己的种群和新一代永远传下去。

　　这些蜜蜂的目的达到后，又将促使越来越多的雌蜂也必须离开生养自己的故乡。要知道，她们曾为故乡倾注了大量的心血，付出了艰辛的劳动。她们干吗为这种事业前赴后继，奋斗不息呢？说到底，就是为了完成自己的使命，忠于自己"阻止死亡，创造更多生命"的信仰。

　　吉吉诺开始理智地思考问题了。看到年轻的雌蜂分群后，一批又一批的蜜蜂争先恐后地飞走的情景，吉吉诺想到了人类的伟大历史。人口的过度增加，原有的生存空间、食物、新鲜空气等。已远远不能满足需求，人们难以为生，不得不纷纷离开最初开拓的疆土，去建立新的家园。

　　人潮如涌。不尽的人流到处寻找安身立命之地来平息淤积心头的怒火。他们历尽千辛万苦，克服种种艰难险阻，横扫前进道路上的一切障碍，终于找到了他们赖以繁衍生息的领地。可这样做的结果却赶走了本来在自己家园过着平静生活的人们，使得他们汇集成了同样是怒不可遏，像潮水般的人群……

　　这就是人类侵略的历史。由于人口急剧膨胀，人类播下了仇恨的种子，被迫自相杀戮，抢占了别人的土地。蜜蜂比人类幸运多了。当蜂巢变得越来越狭窄时，他们就倾巢出动,飞向了更广阔的空间,重建新的王国,而从不伤害自己的同类。

吉吉诺读过埃迪蒙托·德·阿米琪斯①的《海洋》。作家把蜜蜂的集体出走跟人类的移民做了一个比较:如潮的人流不再成为暴力,而是变得如同涓涓细流到处寻找能够接纳他们的地方;不再是不可抗拒的、毁灭性的人祸,而是离乡背井的穷苦人群(他们在故土无法生活)来到陌生而遥远的地方,渴望挣得面包,找到工作。

移民如愿以偿了吗?鬼才知道!实际情况是蜜蜂比人类更幸福,因为他们生活在广阔的空间,凡是他们经过的地方,从不缺少花儿,都能采到蜜。

吉吉诺的思路突然被震耳欲聋的喊声打断,他勉强听到下面这些话:

"是两只!你听,他们好像在蜂房嗡嗡地叫个不停!一次同时出来的两只蜂王肯定要角斗,走,我们看热闹去!"

过了一会儿,两只雌蜂从两间打开的蜂房几乎同时拥出,她们怒目而视,好似从坟墓中突然钻出来的两个深怀敌意的幽灵,剑拔弩张。

这一次,其他蜜蜂并没有做出什么努力让两只满腔怒火的雌蜂平息下来。几批蜜蜂出走后,居民的数量达到了正常比例,就一只蜂王来说,她的臣民显得太多了,就两只蜂王

---

① 埃迪蒙托·德·阿米琪斯(1846—1908),意大利著名作家,其代表作为《爱的教育》。《海洋》是阿米琪斯的一部游记作品,主要描写移民的生存环境。

而言，她的臣民又显得太少了。因此，臣民们很难将要争个你死我活的两只雌蜂劝开。

蜂群将两个对手围成一个小圈，等着她们角斗的结果，看谁能够统治这个王国。

两只雌蜂疯狂地对打起来。她们头对头，胸对胸和腹对腹地厮打。要是她们用身体的后部对打的话，很可能同时用螫针猛刺对手，其结果是两者都会被对方刺死。

也许是下面的想法制止了她俩的厮杀：担心这座城市再也没有母亲。于是，打红了眼的两只敌对雌蜂突然抑制住相互的仇恨，迅速而慌乱地向后退却，试图逃走。

可是，周围的蜜蜂开始大喊大叫，群情激愤，煽动两只雌蜂继续厮打。结果，一只雌蜂抓住一个有利的机会，向另一只猛地撞去，把对手打翻后，骑在她身上，死死抓住其翅膀，一下便用螫针结束了对手的生命。

一阵阵欢呼声此起彼伏。

失败者在垂死挣扎，而胜利者把螫针从可怜的失败者身上拔出来，并傲慢地环视一下周围。所有的蜜蜂都向胜利者点头致意，同时高呼：

"蜂王万岁！"

两只蚂蚁胆战心惊地目睹了这场血腥的角斗。吉吉诺不赞成这种做法，于是对副官说：

"野蛮的角斗！我不明白仅仅因为嫉妒，同类昆虫之间就可以这样相互残杀吗？"

吉吉诺的看法也许并没有什么不对之处，当他还是小孩子时，并不知道人类生活中也会发生类似的事情。比如说，两个人会为比蜜蜂遇到的还要小的事儿而相互残杀，甚至还会因为谁碰了一下谁的胳膊或谁踩了对方的脚而大打出手。

目睹了上面的血腥场面后，吉吉诺和副官觉得无论如何也不能继续待在这里了。

他们开始感到在这里生活很不舒服。老蜂王走了，托尔琪娜走了，那只采集萨拉玛娜葡萄花蜜的蜜蜂也远走高飞了，几乎所有经历黑色强盗入侵的蜜蜂都走了。而只有在他们眼里，吉吉诺和副官才享有值得感激的好名声。

现在，城市里换了新的居民，社会组织焕然一新。在混乱和无政府状态期间，谁也不理睬他们。等这种状态结束后，不认识两只蚂蚁的新蜜蜂就会向他们提出一个又一个的问题：

"你们是谁？"

"你们来这里干什么？"

"你们有什么权利住在一个本来不属于你们的城市？"

"你们又有什么权利跟一个不属于你们的民族生活在一起？"

另外一个可怕的念头更让可怜的小白旗皇帝不寒而栗：

"要是他们把我们当成敌人，也用蜡和胶像封黑色强盗那样把我封起来，我该怎么办？"

想到这个问题，吉吉诺决定采取行动。

"副官，"吉吉诺对大钳说，"我们必须准备撤退。"

"为什么？"

"如果我们不想让这些新居民把我们用蜡和胶封起来,变成两个木乃伊的话,就得赶快走。"

"太遗憾了!"副官说,"待在这儿多好。从今以后,谁还会给我们蜜吃?最后吃的那种萨拉玛娜葡萄蜜实在太好吃啦!"

"我给你蜜吃!我给你萨拉玛娜葡萄蜜吃!"吉吉诺用一种既拉拢又威胁的口气说,"快点儿,我们走吧!"

大钳很不情愿地跟着吉吉诺走了。

在蜂巢的大门口,他们俩停了一会儿,向这座美丽的巨大城市告别。想想啊,在这个城市里,他们受到过盛情款待,跟当地居民建立了兄弟般的情谊,过着非常安宁和舒服的生活。

突然,从蜂巢里传来嗡嗡的欢呼声。吉吉诺看到无数蜜蜂列队来到大门口,跟新蜂王一起载歌载舞。

为了让新蜂王过去,两只蚂蚁马上闪到一旁。

新蜂王在巢外飞了一会儿,又回到大门口,接着比刚才飞得稍微远了一些,可最后又飞回大门口。三次试飞后,新蜂王终于开口说道:

"现在我相信自己认路了,好吧,再见!"

蜂群爆发出一阵欢呼声:

"蜂王万岁!新娘万岁!"

实际上,这是在庆贺年轻蜂王的婚礼。

在一片沁人心脾的花丛上空,雄蜂们嗡嗡地等着蜂王。她将从中选出一位新郎,同其在空中奏起美好生活的乐章。

吉吉诺向他的副官示意说：

"向右……开步走！"

两只蚂蚁从那棵老橡树上爬下来。这棵老橡树以博大的胸怀喜迎八方来客，它是孕育激情和希望的神奇宝库！

40. 在一等车厢里旅行

当两只蚂蚁爬到树下时,太阳正向大地射出它灿烂的光辉,在温暖的阳光照耀下,辽阔的原野生机勃勃,异彩纷呈。

吉吉诺抬起头来,向树上的蜂巢望了最后一眼。忽然他看到一些长着翅膀的金黄色昆虫从空中掉了下来,落在他和大钳周围,接着他听到一阵可怜的呻吟声:

"哎哟!哎哟!救命呀!我快死了!"

落在橡树下面的是一些肥壮的蜜蜂,他们的腹部鼓得圆圆的,脑袋上的两只大眼睛格外醒目。

"我知道了,他们是些可怜的雄蜂!"吉吉诺低声说。

他们真的是雄蜂。

看起来,正当两只蚂蚁朝树底下爬的时候,婚礼已经结束了,现在,工蜂们用可怕的螯针刺穿了这些雄蜂的身体,并把他们拖出蜂巢。在这个城市里,只能居住有劳动能力的居民。

"真残忍!"吉吉诺抬头望着蜂巢气呼呼地说。

然而,又不能不承认,这种屠杀尽管是野蛮的,却是维持蜜蜂社会秩序所必需的。婚礼结束后,数量可观的雄蜂就变成了无所事事、骗取和剥削他人劳动成果的懒汉。工蜂们

非常聪明，他们决不允许雄蜂这样的寄生虫继续留在蜂巢内，原因是蜜蜂必须为家园奉献终生。

两只蚂蚁目睹眼前的情景，思绪纷乱，心里很不痛快。他们闷闷不乐，无精打采，耷拉着脑袋漫无目的地走着，不知道要到哪儿去。

吉吉诺想到失去了最后一次回家的机会，想到要继续被迫过流浪生活，想到再也无法实现统治一个王国的梦想和野心！……这一切都使他非常难过。大钳呢？显然他安分守己，可一想到一日三餐，一餐比一餐好吃的神仙生活即将成为过去，想到从今以后要和贪吃的毛病做斗争，他就像泄了气的皮球，一蹶不振。要知道，贪吃是他最凶恶和不共戴天的敌人！

他们走呀走呀，也不知道走了多长时间，最后，来到一棵粗大的树旁，忽然听到从树上传来一阵尖利的嗡嗡声，吉吉诺抬头一看，大吃一惊。

原来,从树干伸出来的一根离地面不高的枝条上吊着一大团蜜蜂,他们用前足一只紧抓另一只,只只相连。从这团蜜蜂嗡嗡乱叫的嘈杂声中,可以不时地听到下面这些话:

"我们在这里已待了很长时间,必须找个地方筑巢……必须就近找……因为蜂王的肚子里全是卵,再也飞不动了。快点儿……我去找……不,你去找……"

吉吉诺从这成千上万的蜜蜂中认出他的朋友托尔琪娜,便要叫她,可大钳阻止他说:

"小心!这里有一个巨大的动物脚印。"

实际上,这是一个人的脚印,不过,像蚂蚁这样小的昆虫是无法分辨人的脚印和牛的蹄印有什么区别的,可他们知道,不管什么样的脚总会在转眼之间毫不留情地踩死他们。

吉吉诺及时地躲开了大脚,只见一个人戴着网眼稠密的面罩,手托着一个用稻草和柳条编成的箩筐,小心翼翼地朝悬挂在树枝上抱成一团的蜜蜂走去。

吉吉诺急忙大喊:"托尔琪娜,当心,有人要捉你们!"

那人已经开始摇动树枝,同时举着口朝上的箩筐,把那一大团蜜蜂全部抖到里面。

接着,那人盖好箩筐盖子,准备走开。这时,吉吉诺有了一个主意。

"快,跟我走!"他对大钳说。

吉吉诺迅速地朝那人的脚面爬去。那人停了一会儿,吉吉诺趁机往上爬,一直爬到鞋面跟裤腿的连接处才停下来。

"副官,你上来了吗?"吉吉诺低声问。

"我上来了。"大钳说,"我们干吗要上来?"

"亲爱的副官,我们的目的有两个。首先,我们可以省点走路的力气;其次,我们可以舒舒服服地被带到我们的蜜蜂朋友新建的城市里去。"

"蜜蜂上哪儿去?"

"我相信,他们要去人们为他们专门建造的蜂箱里,养蜂人把蜜蜂在那里储藏的蜜收集起来。"

"小偷!"大钳是以一个工蚁的身份来看问题的,"他们不知道世界上竟有羞耻二字,像他们这种膀大腰圆的家伙,却靠比他们小数倍的动物来养活!"

吉吉诺没吭一声。他发现自己待的位置并不舒服。那人每走一步,他的脚都要震动一下,这样,两只蚂蚁必须使出吃奶的力气保持平衡才不会掉到地上。

"我们必须换一个好些的地方。"吉吉诺说,"我们现在待的地方肯定是三等车厢,看一看是否能找到一等车厢。走,往上爬!"

大钳跟在吉吉诺后面,先趴伏在裤角,接着跨过裤口边,爬到裤腿外面,沿着裤腿一直慢慢向上爬,爬呀爬呀,然后爬上短外衣,从短外衣继续向上爬,最后爬到衣领上停了下来。

"这里待着挺好!"吉吉诺说,"只是这些沾满油污的领子让我不舒服,这家伙肯定是个不爱干净的人。"

吉吉诺边高谈阔论边转身向上看,他看到离那人后颈不远的地方,横长着一片浓密的红色鬈发,上面有一只灰色的小昆虫正好奇地望着他们。

"喂，你们俩在这儿干吗？"小昆虫用尖厉的声音问，"我是这里的主人，你们知道我是谁吗①？"

"请你别多嘴多舌了，谁不认识你！"吉吉诺以憎恶的口吻说，"多亏上帝的保佑，我是第一次见到你，可我对你了如指掌，知道你住在哪儿，靠什么生活！"

"哎哟哟！别这样小看人好不好？"这只小昆虫边说边从那乱蓬蓬的头发中伸出小脑袋，用带着爪子的足掌紧抓着发根，"我也像你一样，属于一个高尚的物种。"

"呸！"吉吉诺蔑视地说。

"千真万确，你还不信？我属于半翅目昆虫。在这个目的昆虫中，有著名的歌唱家蝉；有能在水中行走如飞的勇敢航海家水黾；有掌握永远光彩夺目秘诀的杰出画家胭脂红；还有发着光芒的当红明星萤火虫。"

"但愿如此！我要是他们中的一员，我会为有你这样的同类而感到羞耻的！"

"那么，你们蚂蚁吸食蚜虫的汁液就不感到可耻吗？蚜虫是我们的近亲，靠植物生活。是的，我们是靠人养活的，但所有这些相互效劳的道理是完全一样的。"

"你还有理了！"吉吉诺说。

"好也罢，坏也罢，反正事情明摆着。你要是来到我统治的地盘，我会叫所有的儿女来欢迎你，那样，你可就倒霉

---

①这里指的是虱子。

了!"

"咦,你还生儿育女?"

"当然!"灰色虱子自豪地说,"每天我能产不止一百粒卵!"

"嚄,真了不起哟!"吉吉诺说,"我希望你和你的儿女比我更糟:全部被压死,就像我被拉丁文压得喘不过气来那样。"

吉吉诺边说边朝左边走去。为了不再见到这只可恶的昆虫,他离开了衣领,钻进一只袖口的褶子里躲起来。

"真有意思!"大钳追上吉吉诺低声说,"我们待在人身上,而人则靠蜜蜂生活,这些虱子又靠人养活。"

"情况确实如此!"吉吉诺得出结论说,"不过,在这种情况下,却产生了一条'苍蝇不叮无缝蛋'的谚语!"

41. 供吸烟人待的三等车厢

吉吉诺和副官在那人的袖口里东游西逛了一阵子。

"不知为什么，一想到自己待在玛尼卡①里，就给了我一个在英国旅游的幻觉。"吉吉诺打趣地说。

"人车"突然在一片四周满是树木的开阔的空地上停了下来。

吉吉诺看到林子中有许多人工蜂房，他马上明白自己来到了一个富裕的养蜂人的蜂场。养蜂人是他爸爸很要好的朋友，蜂场离他家大约一公里多。这段距离对于一个孩子来说并不太远，而对于一只蚂蚁来说则是相当遥远了。

那人弯下腰，抬起手臂，迅速地将箩筐翻扣到另一个也是用稻草和柳条编成的锥形器物上，这样，这两个器物变成了一个圆顶的跟其他蜂箱一样的蜂房。

接着，那人来到附近的一间小屋子，拿来一些破布回到蜂房，划着一根火柴，点燃破布。他举着冒烟的破布不断地挥舞，蜂箱外面浓烟弥漫。

"你看见了吗？"吉吉诺对总是打喷嚏的大钳说，"他

---

①玛尼卡，指"玛尼卡海峡"（又译英吉利海峡）。该海峡把欧洲与英国分开，而意大利语的"袖口"音译也是"玛尼卡"，与此海峡谐音。这里是双关语。

这样做是为了将停留在蜂房外面的蜜蜂赶到里面去。"

接着,吉吉诺示意副官说:

"我们走吧,现在是下去的时候了。"

两只蚂蚁又回到袖口里,沿着上衣的后面向下爬。

这时,那人摘下面罩,在另外一些蜂箱周围转来转去,细心地观察着蜜蜂,当他打开一个蜂箱盖时,突然大喊道:

"我的上帝啊……蜂王跑了!……"

转眼之间,一大群蜜蜂愤怒地朝他扑去,嗡嗡地叫着把他紧紧围起来,在他脸上乱叮一气。

养蜂人不由自主地号叫着,拼命地向田野猛跑,但是,凶狠的蜜蜂对他穷追不舍,用螫针到处刺他。

跑了很长一段路后,蜜蜂终于不再继续追赶,放开了他。养蜂人疲惫不堪,于是停了下来,躺在一条沟的旁边,脱下上衣,擦着满脸的血迹,然后把上衣扔在一边。

事情发生得如此之快,那倒霉的养蜂人的反应是这样的突然和激烈,使得两只爬到外衣左边的蚂蚁受到了惊吓。要不是他们俩有幸地掉进衣袋里,肯定会重重地摔到地上。

然而,运气也是比较而言的,因为吉吉诺和大钳正好落在衣袋里的一堆烟头中,为了躲开烟头,他们只好逃到比那烟头的气味更难闻的烟斗里。

养蜂人刚把衣服放到地上,吉吉诺就说:

"快,大钳,我们要赶快离开这儿,否则,我们就要窒息而死。"

两只蚂蚁终于爬出烟斗,爬出衣袋,沿着那条沟渠匆忙地远离而去。而在那沟渠旁，养蜂人仍绝望地骂个不停。

"我想知道到底是怎么回事？"大钳大惑不解地问，因为他被突如其来的事情弄得晕头转向。

"这个蠢货在打开蜂箱时，让蜂王给跑掉了。"吉吉诺对副官说，"结果就发生了这样的事：蜂王偏偏落在他身上，自然，所有的蜜蜂都要跟随蜂王的，也就不会放过养蜂人，除非蜂王离开养蜂人。"

可怜的、被剥夺了权力的蚂蚁皇帝匆忙地赶路，副官大钳紧紧跟在后面。他们俩好像已心中有数，要到一个什么地方去似的，可实际上，他们之所以走得这样快，无非是急于摆脱眼前捉摸不定的处境。

他们想去寻找失散的蜜蜂朋友的希望已化为泡影。也许这些蜜蜂朋友离他们不是很远，但这两只可怜的蚂蚁已在黑暗的衣袋里被迫待了那么长时间，即使他们有着像其他同伴那样非凡的天才，也无法准确辨别正确的方向。

两只蚂蚁东游西逛。此时此刻，吉吉诺真想把整个帝国（实际上他已不再拥有）拱让他人，以换取一个过夜的地方，大钳也想用膜翅目昆虫伯爵的封号来换点儿吃的，填饱空空的肚子。

我们的两只蚂蚁如此这般地走了好长一段路，突然，副官望着吉吉诺惊叫起来：

"陛下，您的皇冠呢？"

吉吉诺摸了摸脑袋，皇冠——那顶漂亮的皇冠真的就不见了。

我的天啊！皇冠落在养蜂人装着烟斗和烟头的衣袋里了！他们居然把这个世界上最伟大的荣誉勋章在节骨眼上弄丢了，成为既可悲又可怜的笑柄！这对我们的英雄无疑是个致命的打击。

吉吉诺停下来，像泄了气的皮球一样一屁股坐到地上，无可奈何地说：

"唉哟，我亲爱的副官，不知道你信不信，再往前走也是白费工夫。我们去哪儿？我们为什么疲惫不堪地去奔向一个未知的地方？在这里等死不是更好吗？"

大钳本想安慰他一番，可还没有开口，吉吉诺便喃喃自语道：

"啊，我的妈妈，我的好妈妈哟！"

吉吉诺一想起妈妈，总会给他带来好运的。他抬起头，突然看到一只肥大的昆虫朝他飞来。这只昆虫让他想起了自己的家，自己的家庭。吉吉诺认识这只昆虫，因为这只昆虫就出生在他家的别墅里。

"大树蜂！"吉吉诺吃惊地大叫一

声。"咦，原来是你！"大树蜂焦维科说。正是这只目光锐利，闪烁着蓝色光亮的美丽昆虫在幼虫阶段为了吉吉诺在锁上打开了一条进家的通道。

"是的，是我，是我啊，亲爱的焦维科，你知道，我再次见到你是多么的高兴呀！"

"我也一样！"大树蜂靠近两只蚂蚁说，"我永远不会忘记你对我的关照，是你从那个要拍死我的女人手里救了我……你怎么来到这儿了？"

"唉，说来话长了。一系列的冒险经历弄得我连一个过夜的地方都没有了。"

"哎呀，真可怜。"

大树蜂沉思片刻又说：

"等一等……也许我能给你找个住的地方。要是我的感觉没错儿的话，我会给你找个好住处。你看见那棵橡树了吗？"

"看到了。"

"好哇！现在听我说，我刚才听到从那棵树的树干里传出一个细小的声音，好像有谁在里面咯吱咯吱啃木头。你知道，对这种事情，我是有实践经验的。要是我没弄错的话，一定是有什么昆虫已经克服了最后的变态

阶段，就要羽化出来了。你想去看看吗？"

"当然！"

他们朝橡树走去。途中，吉吉诺向大树蜂介绍了副官，然后他说：

"亲爱的副官，你信吗，我的朋友焦维科甚至能啃透铁，这是我亲眼见到的！"

大钳并不像他的主人吉吉诺想象的那样是一块榆木疙瘩，于是随口道：

"我信！……"

他们来到橡树旁，大树蜂向上爬去，两只蚂蚁跟在他后面。爬呀爬呀，爬到一个地方的时候，大树蜂停了下来问两只蚂蚁：

"你们听见什么声音没有？"

事实上，从树干里传出来很细很细的声音。

"我们还得等一等。"大树蜂说，"用不了多长时间，你们将会看到发生了什么事。里面的朋友现在工作得很顺利……"

实际上，不大一会儿工夫，吉吉诺眼前的树干上便被咬开了个小孔，从里面探出一个东张西望的小脑袋，其动作灵敏，洋溢着激奋的活力，神情喜悦而惊奇。

这时，他们听到一个悦耳的声音在说：

"我终于呼吸到了你——神圣的空气！"

这个小东西边说边从小孔里伸出两条小腿，紧紧支撑着孔边，用力向外一跃。于是一只长着浅紫色美丽翅膀、闪烁着金属光泽的昆虫便活灵活现地展现出来了。

"咦,一只蜜蜂!"吉吉诺非常惊讶地说。他本想问蜜蜂一大堆问题,可是,这只蜜蜂在阳光下舒展了一下翅膀,伸了伸腿,抖了抖脑瓜,向吉吉诺和副官行了个优雅的屈膝礼,一跃飞了起来,边飞边说:

"生活是多么美好啊!"

吉吉诺没有来得及跟小蜜蜂说上一句话,他便突然飞走了。大树蜂看到吉吉诺不高兴的样子,马上解释说:

"他说得完全有理!我的朋友,想想啊,对于一个长期生活在黑暗中的幼虫来说,他唯一的希望,就是最终达到完美的阶段——变为成虫,来到光天化日之下,以便能最后说,'如今我是只昆虫了。'在这个特别重要的时刻,他不愿意跟好事者说长道短。我是过来者,当然明白这其中的苦辣酸甜!"

"嗯,我一清二楚!"吉吉诺回答说。

大钳对大树蜂的才能显出满不在乎的样子。吉吉诺对大钳的这种冷漠态度无法容忍,觉得有必要提醒大钳知晓大树蜂的丰功伟绩,于是转身毫不客气地对他的副官说:

"你知道吗?这位先生为了从关着他的通道里钻出来,他甚至把铁都啃透了!"

"我当然知道!"情绪不好的大钳回答说,"你以为我是聋子吗?从某种意义上讲,这种才能往往是由他所处的艰难环境决定的。"

"你说什么?"

"就是这么回事!在那样的关键时刻,我不仅能啃透铁……还会把它吃下去呢!"

吉吉诺狠狠地瞪了大钳一眼,本想训他一顿,可没有来得及,因为从橡树的小孔中又钻出了一只跟刚才一模一样的昆虫。

小昆虫用悦耳动听的嗡嗡叫声说:

"我终于见到了你——神圣的阳光!"

跟第一只小蜜蜂一样,这只小昆虫没有跟吉吉诺说一句话,只是抖抖翅膀,行了个屈膝礼,便悠然地飞走了。

这时候的吉吉诺已失去了耐心,用尖酸刻薄的语气问:

"现在可以进去吗?"

他走近孔口,却犹豫不决,没有进去,因为他听到里面有咬木头的声音。

果然不出所料,过了片刻,一只蜜蜂的小脑袋探出来惊喜地说:

"我终于……"

"我想知道是怎么回事的机会终于来了!"吉吉诺打断小昆虫的话,抓住她说,"现在是结束'我终于……'这种鬼把戏的时候了!你是谁?从哪儿来?到哪儿去?你干了些什么?还准备干什么?我警告你,要是你不回答我的问题,你哪儿也去不成,什么事也干不成!除非你迷恋自己的安乐窝,哪儿也不想去!除非你不想要你的脑袋!"

42. 大钳冒着饿死的危险

听到吉吉诺要咬断自己的脑袋，可怜的蜜蜂吓得连一句话都说不出来！吉吉诺后悔刚才说了那些粗鲁的话，于是马上打圆场说：

"算了，别见怪！我只是开个玩笑，绝不会伤害你的。"

"谢谢！"小蜜蜂激动地说，"新生活刚刚开始就无缘无故地死去真是件可怕的事！"

"别怕！我是蜜蜂最伟大的朋友……你是一只蜜蜂，对吗？"

"是的，我是一只木蜂。"

"木蜂？啊，真是的！看，我把你当成地花蜂了。"

吉吉诺满以为说这句幽默话能活跃一下气氛，使他百思不得其解的是，他的朋友大树蜂却严肃认真地说：

"你说得不对，地花蜂是在地上筑巢的。"

"什么？还真有这种蜂？"

"当然，还有泥瓦匠蜂、羊王蜂和采掘蜂呢。"

这个时候，木蜂露出不耐烦的样子，吉吉诺发现后连忙对她说：

"你说得有道理，你很忙，快走吧，我们只是在这里随便聊聊天。告诉我，这是你的家吗？"

"现在还是我的家。"木蜂回答说，"可从今以后，我就有一个更漂亮、更宽敞、更明亮的家了。"

"这么说，这个家以后就空了。"吉吉诺说，"要是我们住进去，就没有必要向谁交房租了吧?"

"当然不用交。不过，还有两个姐妹也要出来。她们正在辛勤劳动，准备把门打开，你们听到了吗?"

事实上，大家都听到了跟刚才一样的那种快速啃木头的声音。

"这个家是我们的妈妈建造的。"木蜂说，"我也要为自己的儿女造这样一个家。我可以告诉你这个家是如何建造的：先在一棵树的树干上挖一个漂亮的通道，然后在通道的尽头放上一大堆我们用蜜和花粉做成的食物。"

"我想看一下你们是怎样做这种食物的。"大钳兴致勃勃地提出要求说。

"当然可以，到时候我会做给你看。"木蜂说，"这是用从花儿和果树上采集来的花粉和蜜做成的，我们先在食物上产下卵，然后把带卵的食物封闭在小屋子里。这些小屋子先是用锯末做成，然后再用唾液加固后的墙隔开。同时，在这些锯末幕墙上我们再放一些食物，再产下卵，重新把小屋封起来，最后把整个通道全部封起来。"

"然后呢?"吉吉诺问。

"以后卵孵化出幼虫，他们就能马上吃到我们早已为他们准备的食物。"

"他们真有福气!"大钳低声说。

"这些幼虫长呀长呀,一直长到他们身体占满整个巢室的时候,就自自然然地变成了蛹,到了春天,这些蛹羽化出成虫,跟我现在一模一样……"

"以后呢?"

正在这时,从树洞里传来一个声音说:

"喂,姐姐,您还待在那里干吗?您还想让我在黑暗中再待一阵子吗?"

木蜂不再说话,赶忙从孔里爬出来。接着,孔口又出现一个小脑瓜,一只小木蜂很快从里面爬出来,又有另一只露出个小脑瓜,并且很快爬了出来。这三只木蜂行完屈膝礼,满心欢喜地嗡嗡叫着欢呼:

"太阳万岁!"

她们展翅相继飞去。

"现在这个家是我们的啦!"吉吉诺说。

吉吉诺走进通道,大钳跟在后面。大树蜂在洞口说:

"我的个头儿太大,进不去,我在外面等你们。"

木蜂的通道并不适合做

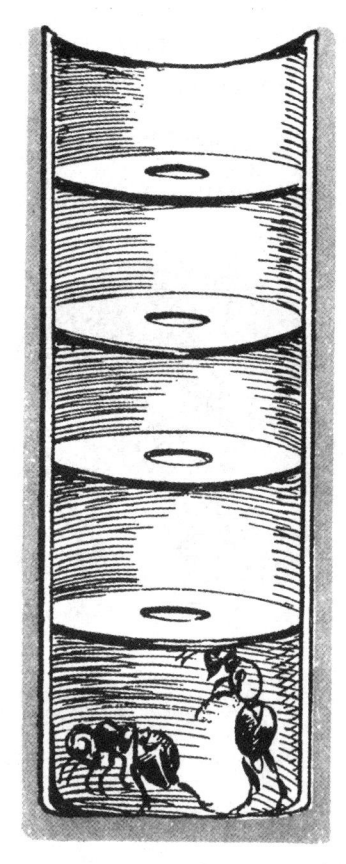

像小白旗皇帝这样的伟人下榻的宫殿,不过,它却是一个舒舒服服的家。里面共有五间房子,很宽敞也很干净。这些小房间是用锯末做成的墙隔开的,每只木蜂在自己的巢室的墙上开一个小口,这些小房子就全部相通了。比如说,第一只木蜂在树干上咬开一个类似大门一样的出口,第二只在与第一只隔开的墙上也咬开一个口子……直到最后一只木蜂在自己的巢室咬开一个小口,这样,她就能找到四个伙伴一起打开的通道,再通过其他伙伴的房间,爬到洞口外面去。

"真是些有创造才能的昆虫!"吉吉诺佩服得五体投地,"显然,他们跟我们一样能干。亲爱的大钳,请不要忘记,在我们蚂蚁中也有很能干的木蚁,他们也能在树身上建造漂亮的住宅。"

大钳在前几间房子里东找西找,什么也没找到。他希望在最后一间屋子里能找到点儿吃的东西,结果大失所望。他嘟囔道:

"什么也没有了!"

吉吉诺问:

"能告诉我,你在找什么吗?"

"什么也没找。我是看能不能找到一点儿用蜜和花精做的食物。真是好梦一场哟!想不到,这些该死的木蜂竟把什么东西都吃得一干二净,他们怎么也不想一想,这个家终有一天会住上一位有过辉煌过去并憧憬着美好未来的皇族后裔和一个好胃口的伯爵啊!"

想到吉吉诺准会狠狠训斥自己一番,大钳干脆在房间的角落里缩成一团,用服服帖帖的语气说:

"你知道吗,你怎么惩罚我都没有用。我肚子饿得瘪瘪的,你对我讲什么道理都行不通。我现在饿得要命,对你显得不够尊重,真是对不起啊……你看着办吧,我再也不想动了,我情愿待在这里平静地等死。不过,面对即将到来的壮烈死亡,我要高呼:'小白旗一世皇帝万岁!'"

听了这些肺腑之言,吉吉诺的气刹那全消了,他被副官对自己的一片忠心和情谊以及对自己事业的无私奉献深深打动。想到助手为自己做出的全部牺牲,吉吉诺不再责备,何况他自己也饿得肚子咕咕直叫呢!

露着衬衫角的小蚂蚁

吉吉诺敏捷地爬到了通道的出口，对着等在外面的大树蜂说：

"亲爱的朋友，有个家实在太好啦，我真不知道用什么话来感谢你对我的帮助……"

"哪儿的话！"大树蜂回答说，"是我应该感谢你……要是你还有什么要求的话，只管说，别客气！……"

"此时此刻，我就想表达对你的谢意！"吉吉诺说，"希望我们能经常见面，看看我将来能为你做些什么。"

吉吉诺紧握大树蜂的前掌跟他话别。大树蜂飞走后，吉吉诺沿着树干下到地面。

我们的英雄在树下转来转去，希望能找到点儿吃的东西。正如一句格言所说："功夫不负有心人。"在不远的地方，吉吉诺发现了一个压扁的李子。多汁的李子果肉在阳光照射下发出诱人的光泽，引得吉吉诺饥饿难忍。我们应该为吉吉诺说句公道话，他找到食物后，并没有独自享用，而是想到了大钳，仅凭这一点，他受到称赞就是当之无愧的。他扯下一块果肉，自己连尝都没尝，径直装进一粒树籽空壳里，放到背上，按原路驮回了家里。他把果肉放到最后一间屋子里，看到大钳还蜷缩在角落里，饿得连打哈欠的力气都没有了。

"鼓起勇气来！"吉吉诺说着，把上帝赐予的果肉放到大钳跟前，"想不到皇帝的随从还能品尝到这样香甜的果肉呢！"

听到有好东西吃，大钳一跃而起，扑向李子肉，狼吞虎咽般地吃起来,连声"谢谢"都顾不得说了!

趁着大钳大吃大喝的当儿,吉吉诺又从洞里爬出来回到地上,来到刚才留下果肉的地方,也津津有味地吃起来,还不时地自言自语道:

"我也该享受一下了!"

饱餐一顿后,吉吉诺又把一粒树籽掏成一个空壳儿,把剩下的果肉放进去。当他准备把装好的果肉运回家时,大钳正好向他迎来。

"等一等!"副官说,"我再吃一口,然后由我驮回家去。"

吃完后,大钳说:

"现在……你就是让我去天涯海角,我也心甘情愿,马上就走!"

大钳也做了个小球体,把果肉装进去,跟在吉吉诺后面,驮着回家了。

通过这次长途跋涉,吉吉诺明白了一个道理,就是,凡是这个世界上能吃的东西,对谁都是公平的,问题是必须去找,只要付出辛劳、手脚勤快,准能找到吃的,因为谁也不能眼睁睁地等着食物从天上掉进你的嘴里!

傍晚时分,他们新家的最后一间房子里已堆满了李子肉。那个压扁了的李子,它的果肉被啃得干干净净,只剩下一个果核扔在地上!

43. 吉吉诺发现昆虫中也有几何

在经历了多次冒险后,我们的英雄终于享受到了难得的安宁。除了沉醉于昔日辉煌和憧憬未来的美梦中,吉吉诺开始在被废黜的皇帝的新居里过上了相当美好的生活。

他和大钳在新居附近到处转悠,并在玫瑰花茎上找到六只肥大的蚜虫,这些蚜虫同意和两只蚂蚁住在一起,允许他们俩挤自己的"奶"吃,而两只蚂蚁保证向他们提供营养所必需的绿色灌木嫩叶。

"有了这六头奶牛,我们就饿不死了。"吉吉诺说。

吉吉诺还经常外出散步,这使他有机会认识了来这儿采蜜的蜜蜂。有时候,吉吉诺的老朋友大树蜂也来找他玩耍,在树上聚在一起谈天说地,还经常向他讲述蜜蜂的方方面面。

吉吉诺跟一些体形较小的采掘蜂、羊毛蜂和大喙切叶蜂结下了深厚的友谊。采掘蜂是挖掘地道的行家;羊毛蜂能从一些植物体内提取毛茸茸的纤维筑巢。吉吉诺还跟大喙切叶蜂订立了同盟条约。大喙切叶蜂在树干上筑巢,用玫瑰叶、野生罂粟花和白山毛榉树叶把巢壁装饰起来。他们能像剪刀那样干净利落地把叶子咬断（有时候，连我们人用剪刀也不一定知道该怎么办），然后按照通道的尺寸大小，把叶子切成分毫不差、令人叫绝的精美装饰品。吉吉诺还跟地花蜂成了好朋友，地花蜂打造的窝仅有一个用来存放花蜜的地上蜂房，上面用花瓣将其全部盖起来。

吉吉诺跟这么多蜜蜂成了好朋友，他们帮他把简朴的家装饰成一座豪华的宫殿。

大喙切叶蜂用玫瑰花的叶子为吉吉诺装点了一个房间，等这些叶子干枯后，房间差不多就像被俄国皮包装的、洒上男士香水的富丽堂皇的大厅；地花蜂用最芳香的花瓣把吉吉诺的卧室装饰一新；羊毛蜂朋友为吉吉诺编制了一条精美的褥子，躺在上面，使他完全沉溺在帝国的昔日辉煌中，做着憧憬未来的美梦。

所有这一切好像还不够，吉吉诺还想到一些急需办理的事情，比如说，为了防止不速之客闯进家门，有必要在家门口安上一扇门。

屋子里的活儿干完后，吉吉诺在副官的帮助下，经过反复推敲和实验，费了九牛二虎之力，成功地把一粒很硬的西瓜籽搬运到树身上，巧妙地嵌在家门口。

这扇西瓜籽门是侧着顺势插进洞里的，不过，并没有全部插进去，而是一半露在外面，一半插在洞内。这样就把出口分成了两部分，一个出口供吉吉诺用，另一个出口供副官用。西瓜籽活动自如，当吉吉诺想从里面关门时，只要先从左到右或者从右到左推一把西瓜籽，然后来回转动一下，两个出口即可全部堵住。

吉吉诺这种巧妙的设计方法得到了包括大树蜂在内的所有的蜜蜂朋友的称赞。大树蜂满怀热情地恭维吉吉诺说：

"你真是个天才！"

"我也这样认为！"吉吉诺自豪地低声说，同时挽起老朋友大树蜂的手臂。

老朋友们的一番美言再一次唤醒了吉吉诺那统治整个昆虫王国的狂妄野心和梦想，于是他开始向大树蜂讲起在蚁穴里的冒险经历，吐露了要建立昆虫社会新秩序的想法，以更好地适应时代的进步和潮流。

大树蜂是一只体魄健壮，但大脑不够发达的昆虫，他很快被比滔滔不绝、口若悬河的律师还要强百倍的吉吉诺打动了心。他说：

"有你这样的脑袋瓜，肯定能成功！"

"从现在起，我封你为公爵。"吉吉诺心存感激地说。

打这以后，小白旗皇帝、大树蜂公爵和大钳伯爵都在做着"海市蜃楼"一样的美梦。他们每天聚集在一起，海阔天空地谈论大半天，每次讨论都以一致同意吉吉诺的大无畏的首创精神而告终。

我应该告诉他另一件事吗？吉吉诺想。

自从重新见到老朋友大树蜂那一刻起，吉吉诺曾多次准备问一问关于他家那座别墅的情形。再说，大树蜂出生在那里，现在翅膀又相当有力气，到那里找一找他家的房子应该说不成问题，可话到嘴边他又总是开不了口。

吉吉诺思绪纷乱，想了又想，觉着一个神秘的忠告好像对他说，回到孩提时代生活过的那个家的时机还没有成熟。他在企盼、忍受中艰难度日，希望有朝一日那个时刻能够到来，用这种或那种方式昭示于他。

在一个美丽的早晨，阳光照耀着大地，吉吉诺坐在洞口外那半边西瓜籽上想入非非，突然他看到眼前有一根银丝来回晃动。银丝是从橡树高处的枝条上垂下来的。

银丝的下端吊着一条高雅而细细的毛毛虫，她一边慢悠悠地往下降，一边慢慢地从嘴里吐出丝线来，银丝变得越来越长。

吉吉诺对毛毛虫的本领惊奇不已，十分羡慕。银丝离西瓜籽的顶端不算太远，吉吉诺对悬挂的银丝怀着极大的好奇心，顿时萌生了要把它抓住拽断的念头，为的是亲眼看看可怜的毛毛虫刹那摔到地上的情景。

正当吉吉诺移动身子时，突然想起了孩提时代的一件往事，禁不住激动起来，马上又打消了这个作恶念头。

记得那天，他看见一位老农妇在家里壁炉前安心纺纱，他就悄无声息地来到她的背后，用剪刀咔嚓一声把她的线剪断，线团掉到地上，老农妇吓了一大跳。

吉吉诺看到可怜的老农妇手忙脚乱的样子，感到很开心。过了一会儿，他跑到妈妈跟前，兴奋地向妈妈讲了这件事，夸耀自己是怎样的一位英雄好汉！

他真不该厚着脸皮这样胡说！

妈妈在露出衬衫角的那个地方狠狠揍了他几巴掌。他哭了整整一个小时才停下来。接着，妈妈把他放在膝盖上，用甜蜜的声音开始跟他说话。妈妈用柔软、洁白的手抚摸着他，用充满爱的眼神望着他，给他讲了许多美好和善良的故事。妈妈善于用深入灵魂的温柔语言，把事情说得通情达理。到了最后，吉吉诺又哇的一声哭起来，这是另一种意义上的哭，不再是挨打后那种委屈的哭泣，而是干了坏事后那种真诚悔恨、深刻反省的哭泣。

"别人并没有给你带来烦恼，你却做了讨人嫌的事，你那种做法是一种过错。"妈妈对他说，"打扰正在干活儿的人，拿损害他人来取乐绝对是严重的罪过。你心地善良，不应该由于轻浮而干那种坏事。现在你明白了你干的那件事对老农妇造成了伤害，以后千万别再干这类蠢事了！你要牢记在心，每个人的劳动都是神圣的，劳动者理应受到……特别应受到像你这种什么活儿也不干的人的尊重！"

现在，吉吉诺情不自禁地回忆起当时的情景来。

吉吉诺重新坐到西瓜籽上面，想着妈妈的谆谆告诫，目不转睛地望着继续敏捷下降的毛毛虫，顿时产生了对这只勤奋小爬虫的极大同情，而毛毛虫并不知道自己给吉吉诺带来了这么多甜蜜、亲切的回忆。

毛毛虫突然停了下来。她抬起脑袋，望了望连着银丝并支撑着她身体的橡树叶子，开始重新向上爬去。

吉吉诺注意到，毛毛虫向上爬的动作也非常灵巧。

毛毛虫用牙咬紧银丝，低着小脑瓜，弓起身子，靠一对尾脚紧紧抱着头顶上的一绺银丝，将身躯牢牢地固定在那里。接着，她又尽量伸直小脑瓜，用牙咬住最上面的一段银丝，又向前弓了一下身体，扔掉了下面毫无用处的银丝。

当毛毛虫经过吉吉诺面前时，他禁不住问：

"能告诉我你在干什么吗？"

"唉，我在躲避树叶上威胁我的天敌。"

"你是谁？"

"我是几何学家！"毛毛虫说完，继续往上爬。

"几何学家？！"吉吉诺有些纳闷地说，"真是把我逼到了绝境，为了逃避学校的烦恼，我变成一只蚂蚁，想不到又在这里遇到了几何学！"

44. 大钳确信小白旗皇帝变成了疯子

小白旗皇帝坐在皇宫门前晒太阳。吉吉诺经常见到毛毛虫,每次看到毛毛虫,他总是很高兴,也总是想起妈妈。这对吉吉诺来说,是个好兆头,因为每当想起妈妈时,他心里总是甜丝丝的,准能预见到高兴的事情即将发生。

尽管吉吉诺野心勃勃的理想没有实现,可他并不抱怨自己的蚂蚁生活。

一直住在最后一间屋子里的六只蚜虫受到大钳的精心照料。他每天向蚜虫提供绿油油的草茎和鲜嫩的树叶。作为回报,蚜虫以世界上最好的服务让两个主人——吉吉诺和副官喝上香甜可口的奶水。现在,他们俩的食物有了保证,吉吉诺可以仔细考虑如何实现未来的远大抱负了。

大树蜂每天都来找他,其他的蜜蜂,如地花蜂、泥瓦匠蜂、采掘蜂和羊毛蜂也常常来找他,吉吉诺跟他们促膝谈心,同时也影响他们的生活。

吉吉诺抛弃了不惜一切代价要建立一个帝国的狂想,如今过上了安定的生活。在一个晴朗的日子里,大树蜂给他带来了一个消息,说有个人很久以来在周围转来转去,似乎对昆虫王国产生了兴趣。他只要看到昆虫,就会马上停下来如痴如醉地仔细观察。

自然,吉吉诺怀着极大的好奇心,想看看那到底是一个什么人。过了没有多久,这个机会来了。

一天早晨,吉吉诺从大门口伸出脑袋,看到橡树下坐着一个矮胖子。这个人胳膊肘下夹着一个很厚的图画本,手里拿着一根捉蝴蝶用的网眼长竿子。

我们的英雄一看就知道,这人肯定是一位自然科学家,更确切地说,是一位昆虫学家,他想起在学校学到的有限的知识中,有一门研究昆虫的自然科学叫昆虫学。

这时候,几何学家毛毛虫正沿着细细的银丝从橡树高处慢悠悠地往下降。

吉吉诺看见毛毛虫落到地上,懒洋洋地躺下晒太阳。昆虫学家也看见了毛毛虫,他立即俯下身子,戴上透镜,饶有兴趣地观察起毛毛虫来。过了片刻,他坐到树下,从胳膊肘下抽出图画本并打开了它。

我们的英雄正好

坐在西瓜籽的门上，可以一清二楚地看到所发生的事情。他居高临下，占据着有利的位置，把下面的那个人摊在膝盖上的图画本和躺着晒太阳的几何学家毛毛虫都看得一清二楚。

昆虫学家从衣兜里掏出了铅笔，仔细观察着毛毛虫，准备画出她的形态变化。毛毛虫呢？她抬起小小脑袋瓜，似乎明白矮胖子的诡计和意图，于是她翻了个跟斗，如同一条小蛇似的变成了"S"形。

吉吉诺从上面看到昆虫学家如实地把几何学家毛毛虫在图画本上临摹下来。吉吉诺明白，昆虫学家的目的是画出昆虫各种不同的形态。

看起来，毛毛虫确实懂得了这位自然科学家的用意，于是，过了一会儿，毛毛虫伸伸懒腰，先向右弯下一半，后又向左弓起，姿势变成了"T"形。吉吉诺看到昆虫学家用铅笔画下了毛毛虫的第二个形态。

毛毛虫继续变换着姿势。这次，她摆出一面好像土耳其新月旗似的向上翘起的姿势，变成了"U"形，矮胖子如实地画了下来。

接着，毛毛虫舒展身躯，弯着脑袋，把脑袋与一半身躯连接起来，变成了字母"P"，矮胖子又把她丝毫不差地画了下来。

毛毛虫保持着原来的姿势，就是把身躯拉得长长的，垂直的体形直指橡树，变成了字母"I"，昆虫学家照样把她临摹下来。

几何学家毛毛虫再次改变姿势。她把身体的下半部拉得笔直，上半部缩成弧形，使脑袋跟尾部对接起来，摆出半圆形的姿势，变成了字母"D"，昆虫学家画个半圆形。

最后，毛毛虫依然保持跟"D"形相同的原有姿势，不过，要弯下原来笔直的那一部分身体，以摆出一种完美无缺的圆形姿势，变成了字母"O"，昆虫学家照葫芦画瓢似的又画下来。

吉吉诺在树上咯咯地大笑起来，这笑声惊动了大钳，把他从洞里引了出来。

吉吉诺的笑自然有他的道理。他看到矮胖子的图画本上画的毛毛虫七种形态排成一行，突然发现这七种形态正好组成一个单词"STUPIDO"（笨蛋）。

太有意思了！吉吉诺心里道，嘲笑别人是不礼貌的。但是现在我要说，身为昆虫，我已在昆虫世界里生活了这么长时间，所以我有资格评价那些研究昆虫的人。他们离真正了解我们还差得很远很远，他们狂妄自大，仅以了解我们生活的表面现象为满足，而对我们的痛苦冷若冰霜，对我们的喜怒哀乐不甚了了，对我们灵魂深处的东西漠不关心。我想，

这条毛毛虫应该是一条有头脑的毛毛虫……

这时,自然科学家合上图画本,心满意足地走了。他边走边看着毛毛虫赞美道:

"了不起的几何学家!"

听了这句话,吉吉诺突然抓紧西瓜籽,生怕一头栽下去。在他看来,这句话本来是一句简单明了的话,可一个非常古怪又绝对费解的问题自然而然地摆在了他的面前。这个问题是:

"那条毛毛虫为什么要拼这个单词呢?"

经过深思熟虑,困扰着吉吉诺的这个问题最终得到了圆满解答:

"这条毛毛虫是懂得这个单词的意义的!她会念,会写!……而且肯定是条跟我一样的昆虫!"

由于吉吉诺的想法太具刺激性,他心情也太激动,因此他从西瓜籽上刺溜一下滑倒了,大钳又没有及时拉住他,结果他摔下树来,倒在毛毛虫的身边。

所幸吉吉诺是蜷缩着身子摔下去的,因此没有对他的身体造成伤害,不过,这一摔倒摔出了个名堂。毛毛虫看到眼前的吉吉诺,禁不住大喊一声:

"吉吉诺!"

"怎么回事?"吉吉诺吓了一跳,结结巴巴地问,"你知道我小时候的名字?你怎么知道的?"

"那还用说?"毛毛虫回答,"我看到了你后面露出的衬衫角!"

"那么，你是谁？快告诉我！"

"我是……我是焦尔姬娜！"

"焦尔姬娜！哎哟！……我的焦尔姬娜！"吉吉诺大声喊着，同时发出沉闷的呻吟声。

吉吉诺昏厥过去。

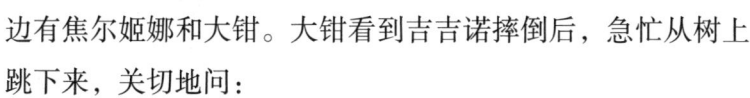

吉吉诺醒来时，发现身边有焦尔姬娜和大钳。大钳看到吉吉诺摔倒后，急忙从树上跳下来，关切地问：

"你怎么样？"

吉吉诺激动地指着毛毛虫说：

"她是我姐姐！"

"什么？"大钳顿时一头雾水，"你？……"

"我是她弟弟。"

听了这句话，副官惊奇地望着吉吉诺，他冷不丁地朝橡树上跑去，口里大叫道：

"一条毛毛虫是一只蚂蚁的姐姐，而这只蚂蚁又是这条毛毛虫的弟弟！哎哟！小白旗皇帝这次真的发疯了！"

这个时候，已恢复精力的吉吉诺紧紧拥抱了焦尔姬娜。

你们——亲爱的男孩子们，你们也有姐妹，亲爱的女孩子们，你们也有弟弟。你们可以想象得到，比如说，你们很长时间没有见面了,等有一天终于见了面,你们会发疯似的亲吻和拥抱,并有说不完的话!

焦尔姬娜想听听吉吉诺的全部冒险经历。吉吉诺讲完后,焦尔姬娜也把自己的传奇故事告诉了他。焦尔姬娜说:

"亲爱的吉吉诺,你想变成一只什么事也不干的蚂蚁,结果却变成了一只工蚁;我不想学习算术,由于虚荣心作怪,我想变成蝴蝶……不但没变成蝴蝶,反而变成一条毛毛虫。我虽然躲过了算术,却又遇上了几何!这太可怕了!这都是我们的过错!是自作自受!"

讲到这里,焦尔姬娜喘了口气继续说:

"你应该知道……"

你们——亲爱的孩子们,吉吉诺已经知道焦尔姬娜想要说的那些话。可现在你们什么都不知道,还被蒙在鼓里呢。下次,我将告诉你们焦尔姬娜到底说了些什么话,自然,你们听后就会明白的。我要讲些什么呢?将讲述小白旗皇帝是怎样通过焦尔姬娜在辽阔和有趣的鳞翅目昆虫王国里找到有力帮助的。

译后记

　　谈及译事时，一位业外朋友用调侃的语气对我说："翻译有什么难的，人家说什么，你就翻什么嘛！像你这样做了几十年的老翻译，说难谁会相信呢？"听了他的话我哭笑不得，哑口无言，真是应验了那句老话——隔行如隔山！

　　看起来，借着《露着衬衫角的小蚂蚁》出版的机会，似乎还需要说几句心里话，向厚爱我的读者和像我那位朋友那样的人做个交代。

　　思来想去，译事遇到的最大挑战还是一个"难"字，《露着衬衫角的小蚂蚁》也不例外。

　　一是难在语言上。这部书虽然是儿童读物，但毕竟是一百多年前的作品，有些语言今天已不再使用，读起来比较吃力，真正译起来就更不容易了。有些说法工具书上也查不到。在这种情况下，我没有编译或改写，没有弃之不用，更没有瞎蒙乱译、猜译，唯一的选择是虚心求教，于是我亲自上门请教了长住北京的意大利朋友，甚至打越洋电话，或通过电子邮件请求万里之外的朋友帮忙。结果，几乎所有疑难问题都得到了比较满意的解决，有人可能会提出质疑：既然你在北京已问过人，为什么还要远方求人呢？说白了，就是在北京得到的某些解答不能使我信服，还需要从别人那里得到证实，或做出进一步的解释，我才能放心。

　　其实，我的这种做法一点儿也不足为奇。就如同某个汉学家在翻译我国一百多年前的作品时，向我请教问题，我也许回答不上来，可能我的解答没有让他满意，他再转向请求别人。

二是难在译者在译这部书时，专业不对口。谁都知道，翻译是一个包罗万象的职业，而每门科学都有其特殊的内容、专门和专业用语。稍有译事常识的人都清楚，内行人，也就是懂得此专业的人译起来就得心应手，译文读起来就朗朗上口；而外行人译起来则往往词不达意，译文读起来别扭费劲。

《露着衬衫角的小蚂蚁》是我翻译的第一部儿童文学科普作品，我长期在中央国家机关供职，主要从事把国家领导人的讲话、会议文件，中外交流、迎来送往的消息从中文译成意大利文。确切地说，政治翻译是我的强项，为了翻译《露着衬衫角的小蚂蚁》，我必须同时完成两个转换，首先要从原文的中文译成外文转成外文译成中文。其次要把政治翻译转成专业翻译。从不习惯到习惯、从外行到内行需要一个过程，这既是对我职业生涯的挑战，也是一个重新学习的机会。为了尽快进入角色，我阅读了大量有关昆虫的专业书籍，记下了其专门术语。另外，《动物世界》也是我必看的电视节目，从中了解动物从出世、生长、婚姻、繁衍，直到死亡过程中的种种生活奥妙。通过这一系列的"练兵"，我积累了比较雄厚的"资本"，下笔行文自然就顺手多了。

这部书中的人名和地名的译法也遵循两个原则：一是根据意大利语字母的标准读法，音译或译成有特色的中文名字；二是按约定俗成的办法处理。译作中的近七十个注解是查阅了大量的外文资料写成的这部书的内容、注解、人名和地名的出版权和翻译著作权，未经同意，不得连载、摘编和复制，违者必究。

王干卿
2010 年 10 月